Julieta e Julieta

Dados Internacionais de Catalogação na Publicação (CIP)
(Câmara Brasileira do Livro, SP, Brasil)

Mesquita, Fátima
Julieta e Julieta / Fátima Mesquita. - São Paulo : Summus, 1998.

ISBN 85-86755-12-5

1. Contos brasileiros 2. Homossexualidade feminina – Ficção
I. Título.

98-4433   CDD-869.935

Índices para catálogo sistemático:

1. Contos : Século 20 : Literatura brasileira   869.935
2. Século 20 : contos : Literatura brasileira   869.935

Compre em lugar de fotocopiar.
Cada real que você dá por um livro recompensa seus autores
e os convida a produzir mais sobre o tema;
incentiva seus editores a traduzir, encomendar e publicar
outras obras sobre o assunto;
e paga aos livreiros por estocar e levar até você livros
para a sua informação e entretenimento.
Cada real que você dá pela fotocópia não autorizada de um livro
financia um crime
e ajuda a matar a produção intelectual.

Julieta e Julieta

FÁTIMA MESQUITA

edições GLS

JULIETA E JULIETA
Copyright © 1998 by Fátima Mesquita
Direitos desta edição reservados por Summus Editorial

Projeto Gráfico e Capa: **Brasil Verde**
Editoração Eletrônica: **Acqua Estúdio Gráfico**
Editora responsável: **Laura Bacellar**
Impressão: **Sumago Gráfica Editorial Ltda.**

Edições GLS

Departamento editorial:
Rua Itapicuru, 613 – 7º andar
05006-000 – São Paulo – SP
Fone: (11) 3872-3322
Fax: (11) 3872-7476
http://www.edgls.com.br
e-mail: edgls@edgls.com.br

Atendimento ao consumidor:
Summus Editorial
Fone: (11) 3865-9890

Vendas por atacado:
Fone: (11) 3873-8638
Fax: (11) 3873-7085
e-mail: vendas@summus.com.br

Impresso no Brasil

"Quem foi que ao rezar por mim
mudou o rumo da vela
para que eu desperte assim
como dentro de uma tela?"
Mário Quintana

Este livro é dedicado a algumas pessoas que
"rezaram" muito por mim, mudando a todo
instante o rumo da vela, e que surgem aqui
na ordem exata em que entraram na minha tela:
Walkyria, Vânia, Dodora, Dani,
Ana, Maya e Miriam.
E também à editora d'almas Lúcia Rosemberg.

AGRADECIMENTOS

É sempre preciso agradecer a cumplicidade de certos amigos: Lufá, Rachel e Lucas (!), Lucé, Favuca, Rafa e Jack. Maki, Miki, Tomotian, Lena e Lu. Claudia, Sissi, Líli, Tiça, Goia, Arnaldo, Kaluh, Carl, Rita e Eduardo. Lanza e Renata. Kátia, Cris, Aninha, Ivana, Paula, Mara. Juca, Rosana, Chico, Sérgio, Maristela. Sérgio Rodrigo, Zé Roberto e todo o pessoal do Pride. E ainda Ti Sá e o velho Malagueta. Valeram também a leitura e os comentários animadores de Pedro Paulo Sena Madureira, Isa Pessoa e Sofia Pappo. E o português que a Cely me ensinou. Agradeço também a força da Aline e das poetas do Sussurros – Maria, Lu, Andréa, Lili, Sil, Kika, Pri, Betina e Yane.

SUMÁRIO

A espanhola _____ 11
Encanto _____ 17
Jogo em diagonal _____ 25
Molto allegro _____ 35
Mil beijos _____ 39
Três pedidos _____ 49
Marta em março _____ 57
A viúva _____ 75
Na chuva _____ 81
Prima minha _____ 89
Um clarão no escuro _____ 97
Feliz aniversário! _____ 107
Um copo de vinho com Leila _____ 115
Betta splendens _____ 125
Julieta e Julieta _____ 135
Sobre a autora _____ 139

A espanhola

Mudaram ontem para a casa ao lado: a espanhola, o marido brasileiro e a filhinha deles, a Maria, de apenas três anos. Eu vi tudo pela janela, como é praxe na minha cidade. Depois, de tarde, minha mãe fez um bolo de laranja, pôs os pedaços num prato, passou um pano xadrez bonito por baixo até dar um laço em cima. Aí me ofereceu o presente:
— Toma, filha, leva lá para os vizinhos que acabaram de se mudar.
A porta estava aberta e eu fui entrando até o meio da sala, enquanto gritava:
— Ó de casa! Ó de casa!
A espanhola surgiu esbaforida de trás de umas caixas, carregando a filha no colo, e sorriu para mim um sorriso farto. Eu baixei os olhos, de repente envergonhada. Ela era bonita, com seios enormes pendurados numa blusa de renda azul. Tinha um nariz adunco e delicado, a boca de lábios mais grossos e pintados de vermelho puro, o cabelo cortado na altura dos ombros, liso e quase vermelho, com a franja servindo de amparo para aquele sem-fim de sardas que abriam um cantinho na tela do rosto para que eu pudesse ver, mesmo de longe, imensos olhos cor de ameixa. Fiquei hipnotizada, principalmente pela maneira estranha e rápida como ela falava comigo e pelo exagero dos adornos: no braço esquerdo, um sem-fim de pulseiras brancas de plástico faziam um barulho danado, as unhas compridas pintadas de vermelho, os anéis quase sem deixar espaço para os dedos. Brincos compridos, pesados, e um colar que parecia ser do tamanho de uma goiaba!

Eu estiquei o pratinho com o bolo de laranja em pedaços. Ela colocou a filha no chão e veio caminhando até me dar um beijo na face e retirar de minhas mãos o presente de boas-vindas. Depois, num português torto, quase irreconhecível, me convidou para tomar um café e provar um pouco do bolo e eu a segui, já de mãos dadas com a menininha, até a cozinha, que também estava em completo desalinho. Ela então me serviu um café que acabara de ser feito, quentinho e cheiroso. Para mim, a espanhola até hoje tem o cheiro e o gosto daquilo: de café feito na hora para ser tomado com bolo de laranja!

Mas naquele dia terminei depressa o lanche, pedi licença e me retirei, prometendo voltar depois para ajudar na arrumação. Estava morta de medo: tinha já meus quatorze anos e sentia bem cá dentro, no escuro do umbigo, que havia alguma coisa estranha acontecendo comigo. Eu não queria saber de sair e dançar e beijar os meninos. Tinha era a esperança de que alguma princesa, de repente, me visse como seu príncipe. Que alguma mulher me olhasse, se encantasse, me amasse, me desejasse... Quem sabe aquilo não seria possível? Pois aquela espanhola de repente me remetia a esse universo do possível. Sei lá eu bem por quê... Talvez porque ela me parecesse moderna, de outro mundo, outra galáxia, falando outra língua...

Passei a semana toda muito ocupada com as provas de final de ano. Estava terminando o primeiro grau e aquilo significava ter de enfrentar imediatamente um enorme volume de mudanças. É que, na cidade em que nasci e morava, não havia como continuar os estudos. Só em Arabara se podia seguir adiante. Arabara ficava a umas três horas da minha casa, de ônibus, e por isso não compensava ficar indo e voltando. Era preciso descobrir por lá uma pensão, uma república, algo que meu pai desse conta de pagar. Mas a questão era complicada, porque na minha família não se tinha o costume de estudar. Quando alguém crescia um pouco, atingia os dez, onze anos, encostava a barriga no balcão do comércio e ficava por lá até morrer dentro daquilo, entre brinquedos, material elétrico, sabão, ferramentas, cadernos, lápis de cor... Meu irmão mais velho já estava lá: anotando na caderneta, dando troco, rei da conversa fiada e da pinga. Eu odiava aquilo. Queria ver coisas, gentes, filmes, livros... Por isso, aquela semana era mesmo muito importante para mim, porque representava o ponto de partida para o que eu imaginava como sendo a minha vida.

Então, finda a semana de provas, era esperar mais uns dias, ter o boletim na mão, nenhuma estranha surpresa, e daí aguardar o ritmo das providências: ir até Arabara com a mãe, fazer matrícula na escola, caçar um lugar para ser minha casa nos anos seguintes, estudar todos os detalhes para depois voltar, convencer meu pai e carregá-lo para lá, para que ele visse de perto as escolhas e firmasse os contratos. Por isso, àquela altura, só me restava esperar. Tratei de ocupar o meu tempo. Comecei lendo um livro deitada na rede do alpendre. Estava concentrada e mal vi quando a espanhola chegou assim de leve para me dar um susto. Por pouco eu não caio! Mas ela viu o exagero da coisa e me pediu desculpas, convidando para tomar um suco em sua casa. Eu fui.

O marido da espanhola trabalhava para o governo rodando dias inteiros pelas fazendas. Depois fazia relatórios imensos e tirava uns dias de folga. Agora estava na vez de ficar ausente, e a espanhola é que me explicava, já na casa dela, naquele seu português torturante, que ele ainda ia demorar uma semana fora! Disse isso de um jeito que, não sei explicar bem por quê, me deu um calafrio estranho, um comichão nos dedos. Tratei de botar para dentro um gole do suco de laranja, sem nem me importar com o gosto azedo da fruta porque eu sabia, de alguma maneira, que aquilo estava era só começando... De repente a espanhola desatou a reclamar do calor, falando muito rápido lá na língua enrolada dela. E eu tive que lhe dar razão, porque o verão havia chegado com tudo naquele ano! Mesmo assim, estranhei muito quando ela me perguntou se eu não queria tomar um banho junto. Eu disse que não e fiz questão de exibir no rosto umas caretas assim e assado para que ela entendesse direitinho que eu achava aquela uma conversa estranha, e para completar ainda falei que a tal da proposta era bem esquisita. Mas ela não se fez de rogada e riu e me disse que "esquisito" na terra dela tinha outro significado, que era justo o contrário, que se usava a palavra quando se achava algo bom e bonito. Continuou rindo e dizendo que duas mulheres tomarem banho juntas num dia de calor como aquele não podia ser nunca pecado e que ela estava era ofendida com o meu estranhamento, com o meu pouco-caso. E ela insistiu, insistiu... Tentei mudar o rumo da prosa e perguntei onde estava a Maria, e ela respondeu que a menina estava na casa de uma outra menininha, que elas já tinham ficado amigas e que ela, a espanhola, mais do que nunca se sentia sozinha, porque o marido ficava dias distante, a criança se ajeitara já com outras crianças, mas as mulheres olhavam para ela com um ar desconfiado e que só eu me aproximara, trazendo o bolo, a simpatia... Foi falando e se emocionando com a solidão dela e de repente já chorava ali, na minha frente, com as lágrimas correndo pesadas das bochechas para o queixo. Confesso que fiquei comovida, porque eu também, de certo modo, me sentia isolada naquela cidade-ilha onde quase nada acontecia. Então disse para ela que entendia. E ela me respondeu que, se eu entendia mesmo, bem que podia brincar com ela para espantar o calor, que ela tinha uma enorme banheira lá dentro, pronta para nos receber com um monte de água fria. E eu – hoje entendo por quê – acabei cedendo ao pedido.

 Ela me puxou pela mão enquanto cantava uma canção estranha na língua dela e ia nos levando para o banheiro grande lá mais bem dentro da casa. Depois enrolou a saia entre as pernas e se agachou para abrir a torneira da banheira e colocar a tampa no ralo. Eu fiquei parada, quase sem respirar, só de ver a saia enrolada abrindo uma espécie de decote e revelando assim a batata da perna – um músculo rijo e sem pêlos, liso e de pele muito clara. Comecei a suar, mesmo estando tão acostumada ao calor daquela terra. Então ela disse que tinha uma surpresa. Que eu esperasse um *ratito*. Fiquei parada ali, vigiando a inércia dos ladrilhos, contando o tique-taque da bomba-relógio em meu peito, mas ela voltou rápido com um rádio tamanho gigante que parecia pegar todas as estações do planeta. Colocou-o sobre uma banqueta e depois, de novo, se agachou, com a saia enrolada, me oferecendo as pernas, e ficou ali mexendo no dial até encontrar uma música bonita em castelhano para então se levantar com um sorriso enorme vindo em minha direção. Daí a espanhola desatou a dançar, como se estivesse no palco, dublando aquela cantoria toda que para mim parecia um rito fantástico de iniciação ao delirante mundo do pecado...

 De novo a espanhola sai de cena e volta uns segundos depois com uma garrafa de rum e um copo cheio de gelo. Ela canta, enche o copo, toma um gole, dança, me oferece a bebida. Eu aceito. E quase engasgo. Acho tudo estranho, mas estou ficando excitada com aquela dança, a música, o barulho da água enchendo a banheira, o corpo dela se desmilinguindo, o álcool vindo dar na cabeça, o calor...

Amoleço, e ela percebe e me puxa, me tira para dançar. Eu não sou nada nem ninguém e apenas obedeço e danço para lá e para cá e bebo e agora já tenho o rosto colado nos peitos dela e, sem que eu mesma perceba, de repente minha boca os toma e ela não me rechaça, antes se ajeita, solta um gemido de tesão e me abraça, pronta para me receber... Ouço sons: os dedos batendo nas cordas do violão, vários deles, asas de borboleta, uma miríade, pousam na minha sobrancelha, enquanto a mão dela passeia em meu cabelo... Depois de mais um instante, ela desce a blusa e eu fico ali, cega, surda e muda diante daqueles dois enormes peitos, encantada. Um segundo depois, o susto passa e eu, por via das dúvidas, cravo neles os dentes. O sumo. A carne. A esponja. O regalo.

A coisa embala, pega fogo. De repente, entre os amassos, noto que a água transborda e já molha os meus pés. Nos distanciamos um pouco. Ela enche de novo o copo e se afasta, dizendo que vai buscar mais gelo. Eu fecho a torneira e fico assim meio de quatro, me abaixando com dificuldade para tentar tirar a tampa do ralo e baixar o volume da água na banheira. Ela se aproxima por detrás e me acaricia a bunda e me tira a calça e passa a mão e depois a língua em todo canto que acha. E eu acho lenha, fogueira, brasa e cansaço. A água em que mergulhamos. A piscina improvisada, o rum, a tonteira, os dedos, os pés, o gelo, o rum, os lábios, as mãos, os braços. Eu tiro dela a saia, a calcinha. Ela está nua agora sentada dentro da banheira. Eu em seu colo. Ela está só enfeitada pelos anéis, cordões e pulseiras. Eu estou sem nada: sem medo, sem preconceito, sem idéia de como serei, de como tudo será depois daquilo, daquela tarde inteira de desvario. Ela puxa as minhas pernas. Me deita. Me abre. Depois põe a cabeça quase debaixo d'água e me beija a parte interna das coxas, morde os joelhos, caminha, até que mordisca outra parte, aquela que eu nem nomeio. Mordisca para depois seguir mais longe, pôr a língua onde tudo se esconde e ir fundo, rápida, eficiente, tranqüila semeando em mim aquilo que eu nunca vou esquecer: meu primeiro orgasmo, o primeiro corpo que veio se oferecer para mim, a primeira vez em que me senti escolhida, preferida, desejada. E, como se não bastasse, tudo aquilo acontecia de um modo bilíngüe, por parte de uma mulher que tinha tudo: um homem, uma filha, uma casa. Para mim pouco importava que ela não fosse só minha. Para mim, as férias daquele ano foram as melhores: era o começo da minha vida, uma espécie de terra prometida. E hoje, quase quinze anos depois, às vezes, quando faz um calor dos diabos, eu me sento na varanda em silêncio e olho para longe, no tempo, e ainda ouço a voz dela insinuando pecados. Então fecho os olhos e viajo àquela Espanha de geografia estranha, feita só de pernas, boca, seios e braços no lugar de enseadas, baías, serras, morros e ilhas. O violão toca de novo bem alto na minha lembrança, o gosto do rum na garganta... Nunca mais a vi, depois que mudei para Arabara. O destino não quis. Mas a verdade é que ela mora aqui comigo, cá dentro, e nunca há de ir embora!

Encanto

Quando eu fiz cinqüenta anos, a família toda se reuniu em um churrasco no sítio do meu filho mais velho. Ele é engenheiro, o Paulo, casado com a Bernadete e tem quatro meninos – o Thiago, o Pedro, o Bartholomeu e o André, que naquela época nem andava ainda! Minhas filhas também estavam lá, é claro. A Débora foi com a amiga dela, a Nilda, que levou mais três mocinhas. E a Cristiana estava com o namoradinho novo. Se não me engano, era o Miguel. Isto tudo já faz nove anos! Mas estou me lembrando disso agora não é à toa. Foi ali que começou a minha mais bela história de amor. Ah, eu tenho algumas fotografias aqui. Viu só? Era isso mesmo: a Cris estava com o Miguel. Depois eles terminaram, outros namorados vieram, mas eles acabaram voltando e se casando. Hoje já me deram mais um neto, na verdade, a minha única neta, a Francisca. Viu como estava um dia bonito, de muito sol?

Estas são as minhas irmãs, fazendo pose junto comigo. Eu sou a terceira aqui, de cabelo curto; estava bem diferente... Este abraçado comigo é o meu irmão, já falecido. E aqui está a família dele toda... Foi um festão! Marcou bem. Mas acho que, quando a gente faz cinqüenta anos, deve ser assim mesmo. E aqui... Ah, esta foto é muito especial para mim. É a Augusta, no dia em que eu a conheci. Tão bonita, alegre, divertida! Ela foi parar no sítio do Paulo porque a Nilda, amiga da Débora, a levou. Naquela época, eu entendia muito bem o que acontecia com as duas. Só que achava melhor não falar nada, com medo que elas ficassem, sei lá, ofendidas, bravas comigo. Podiam até achar que eu estava implicando. Confesso que a situação era bem difícil para mim. Ficava preocupada com os vizinhos, com as minhas irmãs... A Alice, minha irmã mais velha, veio um dia cheia de dedos falar comigo. Baixou a voz, baixou os olhos, não me olhou no rosto e me perguntou o que estava acontecendo com a Débora, que já tinha mais de vinte anos e nada de namorado. Eu estava esquentando água para passar um café. A água ferveu. Meus olhos se embolaram nas bolhas de água que pulavam dentro da panela. Encheram-se de lágrimas. Acho que salguei o café – pensei. E fiquei assim com os olhos baixos, a vigiar a água em ebulição por uma dúzia de segundos. Queria berrar bem alto que eu amava a minha filha e que ela era uma boa moça, que vivia sorrindo e ajudando as pessoas e que o resto não importava e que, de todos os meus filhos, ela era a mais doce, uma companheira e tanto, e que ninguém se metesse na vida dela, que a deixassem ser feliz em paz, que era capaz de virar bicho se alguém fosse amolar a Débora com qualquer conversa fiada. Queria berrar alto, mas falei entre os dentes, pedindo desculpas ao mundo. Falei: está tudo bem, Alice. Não se preocupe. E saquei logo do meu coldre ferino uma porçãozinha amarga de perguntas sobre a vida do Ivan, filho mais moço dela, que era uma espécie de enciclopédia ambulante de problemas na escola, com os vizinhos e, agora, parece que até com a polícia. A bala atingiu em cheio o peito dela, que desatou a chorar um choro repulsivo, de mãe infeliz, recheada de culpa, de gente que se entrega às lágrimas como se elas fossem tudo na vida. Aquilo me deu um asco profundo. E preferi fugir, para sempre, de qualquer intimidade com a Alice. Eu já sabia, então, que nós duas seríamos especialistas em ferimentos múltiplos. E fiz questão de esculpir esse dique entre nós.

    Fiquei mais tranqüila assim. No dia em que fiz cinqüenta anos a Alice estava lá. E não sei se era impressão minha ou não, mas acho que ela estava incomodada. Talvez a felicidade da minha família parecesse um baita soco na boca do estômago dela... De todo modo, a cada dia que passa nos vemos menos. E as rugas estão encrespando o rosto dela de um modo tão duro, tão obcecado! O rosto dela envelhece a passos largos, de tristeza, eu sei, além, é claro, de uma dose extra de rancor. Mas esta não é a história que eu quero contar. Eu quero é falar da Augusta...

    Ela é dez anos mais moça que eu. Quando a conheci, estava linda, vestida de modo bem esportivo, como ela se veste até hoje. E os músculos eram sólidos, parecia uma peça de cerâmica, com aquele tom de marrom bem terra, de gente que nasceu morena e que não se esquece de cozinhar a pele ao sol sempre que pode. Eu a vi e já a achei um encanto! Mas, antes de mais nada, podia ser só inveja. Eu fazia ali, naquele dia, cinqüenta anos muito brancos, de gente gorda que tece a preguiça no sofá da sala, entre um gato e outro, um livro e mais outro, entre filhos já feitos, biscoito para os netos e uma viuvez de anos. Então, a princípio, entendi que meu peito batera estranho de pura cobiça. Vontade de ter aquela força e disposição, e poder andar leve por aí estampando aquela indecência de sorriso que a Augusta até hoje desfila com gosto. Não sei. A bem da verdade, é preciso dizer que a Augusta me paquerou um pouco aquele dia. Talvez tenha sido até algo além do pouco. Virava e mexia eu cruzava com o olhar dela. Na terceira vez, percebi, é claro, que não era coincidência. Era um olhar elástico, que se esticava e fazia curvas para me acompanhar com a bandeja de doces que eu equilibrava pelo gramado afora. Era um vaso marajoara que se movia como peça de xadrez, a rainha, talvez, dando passos para todo lado em que eu ia, sempre pronta a estar no meio do meu caminho e... xeque-mate: ela estava dando em cima de mim! E não de um modo descarado ou agressivo – eu não suportaria –, mas com uma delicadeza firme, sempre presente, atenta, a postos. Eu me desmilingüindo, como se estivesse prestes a encontrar o rapaz do primeiro beijo, um certo Alfredo que guardo na alma, que aguardo com calma retornar um dia. Coisas de flerte, de época que não volta mais. Coisas de moça simples que veste pela primeira vez o vestido do baile. E que sonha com *lips to lips*...

    Hum-hum... desculpe o pigarro. Mas, como eu lhe contava, nós não nos falamos muito não. Seria impossível mesmo. Eu recepcionava um bando que, por mais sem-cerimônia que fosse, era um bando de convidados que eu amava. Mas acho que isso apenas somou pontos, porque já à noite, esquecida do cansaço do dia na cama, as poucas frases que trocamos se repetiam em minha cabeça, ecoando no começo do meu sono, com a voz rouca que tanto aprecio na Augusta, que tanto *me gusta*. E até o bom dia dela parecia especial, como se estivesse bordado a ouro na ponta do meu lençol. Então me enrosquei bem nele e dormi, para acordar noutro dia meio tonta, meio zonza. Acho que foi movida por aquela baderna interna, uma babel de sensações, que acabei, naquele mesmo dia seguinte, vasculhando a bolsa da Débora...

Minha filha havia ido almoçar comigo. Saíra da repartição afobada, atrasada, sob o sol de verão que inundava a cidade naquela época. Chegara quase derretida e havia me pedido uma toalha e uma blusa emprestadas. Ia tomar banho, vaguear seminua pela casa onde crescera e depois almoçar a salada que eu preparara com os restos do churrasco. Ouvi, então, o chuveiro escorrer solto. E não pensei duas vezes: avancei sobre a bolsa da Débora, indo direto à agenda de endereços. C, B, A... Amélia, Adriana, Agência de Viagens... Nada de Augusta! Mas, temos K, L, M... Maria Augusta... Está aqui o telefone! Pois bate assim o meu peito, descompassado, batuque nagô. Vergonha. Pressa. O chuveiro seca ao longe. Coloco tudo no lugar. Minha filha abre a porta e vem balançando os cabelos longos pela sala afora, me molhando um pouco. Eu me recomponho. Vou falar. A voz não sai. Tento de novo: Débora, você não quer almoçar?

Comemos juntas, rindo muito, enquanto relembrávamos o aniversário. Tentei ser discreta, mas, na verdade, não me agüentava! Fui rodeando o tema. Falei da Nilda. E perguntei, enquanto colocava mais salada no prato, sobre as meninas, se as amigas da Nilda haviam gostado. Débora disparou uma coleção de frases rápidas: que a Lucinha tinha comido demais. Que a Nilda havia rido demais. Que a Augusta havia me achado um encanto... Insisti. Eram palavras exatas: ela havia me achado um encanto. Quer dizer: feitiço, fascínio, atração. Débora voltou ao trabalho e eu, naquela tarde, não fiz mais nada. Passei o tempo perdida, prostrada ali no sofá. À noite, sofri um bocado para pegar no sono. E tive sonhos estranhos: duas mulheres nadando, corpos cor de bronze, trocando carícias no fundo de um oceano límpido. Duas mulheres nadando. Acordei lá pelas tantas da madrugada, tonta de excitação. Corri ao banheiro. Acendi a luz. Esfreguei os olhos com força para entender o que via. Meu rosto de cinqüenta anos estava amassado, mostrando as manchas do sono. A água da torneira me lavou o espanto. Fui até a cozinha e tomei um gole de leite gelado. Eu não entendia o que se passava comigo. O relógio apontava quase cinco da manhã e a Augusta ali, preenchendo cada segundo da minha aflição... Procurei na minha gavetinha de panos de prato o telefone dela. Estava lá, as letras meio emboladas da pressa em registrá-lo. Eram números só, mas me pareciam um tesouro! Colei os olhos na janela do meu quarto e fiquei silente vendo o sol chegar, trazendo o corpo de Augusta gravado em seus flancos.

A cor era ela, contra o céu de um azul rabiscado de nuvens e... encanto!

Com todo o cuidado, esperei o meu rádio-relógio ir virando seus números, um por um, até que dessem sete horas. Pensei: este número deve ser da casa dela. Melhor ligar antes que saia para o escritório. Errei: o vigia atendeu com aquela voz pastosa de quem nem dormiu, nem ficou desperto. "O pessoal só invém às nove, senhora". Obrigada. Ligo depois... Mas, pensando bem, é pura tolice! Sou uma mulher madura, de vasta prole, de grandes feitos. Tive um homem bom, a quem amei e que desposei com carinho e orgulho, em uma relação marcada pelo respeito mútuo. Tive um, dois amantes. Ele teve bem umas três. Mas vivíamos neste acordo mudo: você lá, eu cá e de quando em vez nós dois juntos. Fazíamos sexo sem complicar muito. A cada século. Fazíamos nulo. Mas, no fundo, não sentia que tivesse do que reclamar. A vida me dera muito. Mais do que a minha pequenez ousasse sonhar. E agora não havia de me complicar, inventando curvas na minha reta só porque uma mulher-terra tinha tirado a mobília do lugar, havia inundado a minha sala, tingido de verde os cabelos brancos que eu colecionava na cabeça... Resolvi tentar esquecer aquele exagero de história e fui administrar minha vida. Passei a mão em uma sacola e ganhei a rua, rumo à feira para comprar frutas e verduras.

Voltei hora e meia depois suando meio mundo. Fui direto para a cozinha guardar as coisas, encher a geladeira, deixar a fruteira com um cheiro novo, escolher meu cardápio para o almoço. Organizar, ocupar, retomar minha vida longe desse susto tolo. Em frente! Cebola, batata, cenoura, couve, vagem... O telefone toca. Encanto. Augusta me descasca, me pica, joga sal, alho, um pouquinho assim de óleo. E me cozinha em banho-maria. Eu gosto. Mas quase nada entendo do que ela diz. Estou fora de mim, pronunciando palavras que desconheço. Até que coloco de novo o aparelho no gancho. Sento em minha poltrona preferida e ali fico um tempo, mastigando os acontecimentos: sim, ela vem almoçar comigo hoje! Engulo seco: ela vem almoçar comigo hoje. O que devo fazer? Nem reparei no que ela comeu ou deixou de comer em meu aniversário. Nunca conversei com ela sobre isso... faço peixe e abuso das verduras ou vou de filé à parmegiana? Na dúvida, abro a porta da geladeira. Gosto do frio que ela emana. Hoje é terça-feira. E que calor eu sinto! Um macarrão frio, com maionese e muito verde. Uma festa colorida, de muitos sabores. Água, sal, deixar ferver. Me ocupar com ela, fazendo almoço para ela. Vôo.

    A campainha explode a minha cabeça. É ela. Meio-dia e pouco. Acabei de tomar banho e tenho um perfume suave grudado em mim para despistar a vontade de abraçar essa estranha e construir um ninho comum, um abrigo sob medida para que a minha solidão se escore e se ampare na solidão dela. Para que eu deixe de ter que esconder a minha tristeza e abandono, pintando de ruge e batom o meu rosto quando as minhas crianças vêm ver como anda a mãe, a avó, a assexuada espécie de mulher em que me converti sem esforço. A campainha. Meu descontrole. Abro a porta e dou de cara com a cara dela. E o sorriso escancarado me beija a bochecha. Entre, minha cara, faça o favor de ficar à vontade... Você está morta de fome ou quer beber alguma coisa antes? Uma cerveja para calar a boca deste calor. Tenho aqui. E te acompanho. Quase não bebo, sabe? Mas faço companhia sim. Só não vale reparar se eu ficar levemente bêbada com meio copo... Eu falo, falo, mas nem estou ali. Estou é presa nos olhos dela, indefesa. Corro em torno do olho dela, escorregando pela retina abaixo, vindo sentar-me na ponta dos cílios, os lírios em flor. Depois há a cachoeira de cachos escuros que quase toca a sobrancelha e que se esquiva em curva, indo morrer atrás da orelha – aqueles cabelos negros. Quase azuis. E a boca de um carmim pálido, um bigode instantâneo feito à base de espuma de cerveja. A língua que ri e lambe a nuvem de álcool que se via ali ainda há pouco. Ri franzindo de leve a pele que lhe molda o queixo. Falamos da Débora, da Nilda. É engraçado: pela primeira vez falo delas admitindo que são um casal. Falo para mim e para ela. Admito dentro e fora da minha cabeça. Falamos também de meus outros filhos. Eu rio, contando aquelas histórias de corujas avós sobre seus netos. Ela ri também... de mansinho, e noto que tanto eu quanto ela estamos na expectativa, usando as palavras como floretes de pontas muito finas, loucas para cortar o véu de cerimônia que ainda nos cerca, loucas para que a conversa tome um rumo certo, um caminho que nos tire dessa aflição que (agora vejo bem claro) consome a ambas. Você não tem fome?

    Ela se prontifica a me ajudar com a mesa. Pego a toalha verde e estico. Augusta faz o mesmo movimento e a gente acaba se esbarrando, trocando relâmpagos, enquanto o tecido se estufa no nada, formando uma bolha de vento. Ela ri. Eu também. A cerveja balança meu cérebro, chacoalha o certo e o errado. Cerro um pouco os olhos, tentando recuperar o equilíbrio. Quando de novo os escancaro, ela já está a meio palmo, com os olhos mais lindos do mundo, a seviciar os meus. O beijo é inevitável. Uma língua se enlaça na outra, abraça os lábios assim. E a flecha de cupido se arrasta, ferindo meu peito bem aqui. A salada descansa sozinha sobre a mesa. Deitamos em minha cama, espantando o calor com amassos bem quentes, com banhos de beijos, com bocas se abrindo. Ela vem vindo, vindo em direção aos meus seios. Vou indo, indo em direção aos desejos, todo o desejo de ir.

  De repente, é tarde. São 3h45. Acordo com o ronco bravio do meu estômago. Estou nua, suada e tenho entre os braços uma boneca de cobre. Tenho cinqüenta anos e cravo as unhas com espanto nas nádegas da minha amada, que está solta no sono. Me mexo. Estou viva. Não era sonho. Ela se vira. Prego-lhe um beijo na face. Mais um. Mais mil. Ela abre devagar as pálpebras, sorri se espreguiçando um pouco e solta um gemido gostoso, de quem dormiu uma coisa justa, de quem achou o que procurou tanto. E ela me diz boa tarde, com calma e muita certeza. Esfrega o rosto em meu rosto, deixando-me sentir por todo canto a maciez dos cabelos e do toque, a suavidade que guardou para mim. Eu suspiro e pergunto: você não tem fome? Ela faz que sim. E pula exibindo os músculos tingidos de terra. Eu me aninho melhor e cubro os seios à mostra. Logo ela está de volta, com um prato cheio, um guardanapo e uma jarra de suco de uva, além, é claro, de um garfo. Comemos juntas, como eu nunca comi. Rimos juntas, como eu nunca ri. E quando dei por mim, Augusta já ia ficando...

  Um dia, comprei-lhe uma escova de dentes e soquei dentro do armário do meu banheiro. Na outra semana, ela trouxe seus chinelos preferidos e parte da sua coleção de livros. Mais um tempo e já estavam em casa quase todas as suas mudas de roupa... Uns meses depois, com aquela lista de minimudanças consecutivas crescendo e crescendo, eu já me sentia casada e resolvi conversar. Augusta concordou: aquilo ali, no nosso dia-a-dia, era um casamento que ia se solidificando e ela estava tranqüila, feliz com isso. E eu também. Quer dizer, havia, vez ou outra, alguma cena cheirando a problema com meus filhos. Mas ninguém era louco de vir direto oferecer uma palavra que ferisse. Era tudo um teatro bem arranjado, de cenas bem marcadas e uma distância calculada para evitar maiores danos. E então eu ia levando aquilo de um jeito ou de outro porque para mim era um preço mínimo se comparado ao que eu ganhara de vida e brilho com a companhia da Augusta... Sabe, se eu disser acho que ninguém acredita, mas a gente quase não briga. Talvez seja a idade e tudo que já passei. Hoje me sinto muito flexível, disposta a pôr o corpo em curva para evitar um atrito. E a Augusta também ajuda, reflete muito, pensa e repensa seus grilos. Erguemos em conjunto essa relação que é muito bonita e justa. Já meio tarde na vida vem para mim essa surpresa, essa espécie de recompensa! Acho que mereci e que também valeu a pena não ter sido nunca a rainha-mãe dos preconceitos. Se fosse, por exemplo, com a minha irmã Alice que acontecesse uma coisa dessas, talvez ela fingisse que não tinha visto. Talvez nem se desse conta, nunca, do tamanho do desperdício de felicidade que seria menosprezar uma oferta de um amor tão digno, limpo, puro.

    Bom, o fato é que nós estamos juntas, temos prazer juntas, até mais do que eu sempre quis. E hoje, nove anos depois, Augusta ainda dorme aqui, almoça comigo as semanas, janta comigo os dias. Nós não nos separamos. Eu coleciono orgasmos, além de espasmos de riso frouxo. E agora sou eu quem prepara, somando as migalhas do que ganho, uma festa para comemorar os cinqüenta anos da mulher que amo.

Jogo em diagonal

Eu sentia ciúmes. Quando a via chegar e rir e falar e tocar qualquer um, qualquer uma, eu achava que ia me partir ao meio, em muitas, de tão tonta e azeda que ficava com aquela sensação no peito. Jogávamos juntas no time de basquete da cidade havia um ano, mais ou menos. Eu era ala, ela era pivô – pivô dos meus atabalhoados sentimentos... Não que ela fosse bonita! Era uma garota esquisita, magra demais, com aquelas canelas finas dentro do tênis de cano alto. Também nunca a vi com uma gota sequer de maquiagem. O rosto desconcertado, que tinha coisas em absoluta desproporção, é que, misteriosamente, me encantava. Talvez fosse o sorriso torto, que vinha às vezes aparecer repentino só no canto esquerdo da boca. Ou aqueles olhos grandes, atentos, que, quando iam falar alguma coisa, faziam a testa se mover de baixo para cima, formando ondas de rugas, como se fosse a testa do Caetano Veloso. A única certeza que tenho é que não tinha como precisar de onde viera o meu desejo, mas ele era definitivo: estava lá em tudo o que havia. É bem verdade ainda que não precisamos mais do que um mês para nos tornarmos amigas. Foi um caso de amizade à primeira vista! No primeiro treino, quando eu ainda estava em teste e ela já era uma das estrelas do time, o técnico escalou aquela estranha magricela para fazer dupla comigo. Passes assim e assado, um circuito de exercícios, corrida, arremessos, uma aflição sem limites. E ela ali, como uma espécie de escudo para o meu medo. Me deu uns toques, me deixou mais segura, e o técnico deu-se por satisfeito: eu estava no time!

Os treinos aconteciam às segundas, quartas e sextas e durante um bom tempo essa foi a medida em meu calendário. As terças e quintas não existiam. Eram um enfeite, só um triste intervalo antes de eu tornar a vê-la. Mas o que mais me roubava energia era ter que transpor os finais de semana viva e sozinha. Ainda bem que, no meio de tudo, havia as disputas, os campeonatos, que eram a certeza de vê-la num sábado ou domingo, e o melhor de tudo: de dividir com ela um quarto! Sim, porque eu tinha sorte e, em cada viagem, lá estávamos nós duas dividindo o mesmo espaço. Eu ficava aflita. Quase não dormia. Às vezes corria até o risco de jogar cansada, porque a vontade de abraçá-la pela noite afora não me deixava pregar os olhos. Era uma coisa complicada, que eu driblava com a alegria de estar ao lado dela, mesmo não rolando nada do que eu mais desejava. De algum modo, a simples presença dela me bastava. Até que aconteceu aquilo!

  Era uma partida que iria acontecer num domingo em Piracicaba. Para termos o devido sossego, saímos da minha cidade no comecinho do sábado. Cheguei bem cedo ao ginásio, tentando controlar meu coração em franco descompasso, às vezes batendo mais rápido e, depois, se mostrando morno, lento, quase parado. De algum modo, eu achava que aquele fim de semana iria mudar a minha vida. E não porque fosse a final do campeonato, mas porque eu estava tendo uma sensação cada vez mais sólida de que a gente, eu e a Denise, ia acabar tendo um caso. Eu devia ter percebido o cheiro de fumaça...

  Fui das primeiras a me apresentar. Só a Dedete, a Jack e a Zanza já estavam por lá, batendo bola. O dia desfilava coberto de cerração e, como dizem na minha terra, neblina baixa é sol que racha. Sentei na arquibancada e fiquei vendo as meninas brincarem, enquanto pensava na névoa que era uma espécie de anúncio de sol e nas coisas que parecem ser uma e depois são duas, três... são outras. E no redemoinho da minha cabeça mal vi quando a Denise chegou rindo fartamente junto com a Deise. Não percebi nada. Apenas tratei de descer de onde estava e me aproximar. Cumprimentei a todos e entrei na fila dos arremessos, rindo e brincando. Depois o Lorde, que é o nosso técnico, chegou e berrou com o apito, para pôr ordem na casa. O ônibus já estava estacionado, devíamos sair em instantes. Mas não era nada fácil organizar aquele bando de meninas excitadas em véspera de jogo... Cada uma devia catar sua mochila, checar seus documentos com o Bala, que era o assistente geral da equipe, e depois ir direto para a sua poltrona. Eu fiz tudo o que mandaram. E depois de receber o ok do Bala, fui para dentro do ônibus, para perder lá meu fôlego e ter a sensação nítida de que jamais respiraria de novo: lado a lado, poltronas 11 e 12, Denise e Deise, entre risadas... Deise ocupando meu posto, a minha cadeira! Sangue no pescoço. Aorta rompida. Jugular vazando. Decepção. Destino. Desilusão. Desvario. Tudo o que vinha à minha cabeça tinha dês gigantescos luzindo à frente. Achei que eu ia ficar doente de ciúmes! Fui sentar lá bem no fundo. Eu me joguei numa cadeira vazia e cobri meu rosto, fingindo que dormia. Fui chorando baixinho a viagem toda. Deixando ruir a minha vida, bem aos poucos, em cada soluço, em cada gemido engolido. Nada mais fazia sentido... Mas a viagem é curta. Chegamos. Tento desesperadamente enxugar meu rosto. Levanto lerda, fingindo para os outros que estava dormindo profundo. Ainda tenho tempo de ver a dupla descendo as escadas: outra facada em meu pescoço. E eu me sento de novo.

Até então eu tinha apenas uma vaga noção do tamanho do que sentia pela Denise. Mas agora meu ciúme se multiplicava em doses bárbaras e eu não sabia mais dizer meu nome, meu sexo, idade ou onde estava. Parecia um planeta distante. Outra terra, outra Piracicaba. Como pode um dia começar de um jeito e meia hora depois se mostrar um monstro? O Bala foi me catar lá dentro. Perguntou se eu estava legal, o que é que estava acontecendo. Eu disse que não era nada, que estava era emocionada porque nunca tinha chegado a uma final estadual. Ele fez que entendeu. Estendeu a mão para mim, pegou minha bagagem com um braço e com o outro me convidou para sair. Eu me dei conta naquela hora do vexame que poderia protagonizar se não fosse forte o bastante para me controlar. Então permiti que um volume extra de ar entrasse mais fundo nos brônquios e me deixei levar pelo Bala de modo que, ao descer do ônibus, já conseguia fingir que estava mais animada.

As meninas se concentravam na porta de um hotelzinho, esperando o Bala vir com a lista para dividir os quartos. Fiquei dois passos atrás da massa, só para poder reparar com mais cuidado no esforço que as duas faziam para que, na divisão, elas ficassem juntas... Dito e feito: foram as primeiras a ser registradas! Quando dei o fato como consumado, pedi licença um instante e fui me trancar no banheiro para passar uma água no rosto, para recompor meus pensamentos desordenados, com a letra D vindo à frente do A, do B, de todo o abecedário. Pois foi o Bala, de novo, que veio bater à minha porta, dessa vez já meio bravo com a seqüência de menina mimada que eu estava desenhando... Chegou pronto para dar uns tapas, mas fui logo me desculpando, dizendo que era ataque bobo de novata, que eu ia subir e descansar um pouco e que mais tarde a gente conversava. Pedi também para ele não dizer nada para o Lorde, que tem esse apelido porque é daqueles técnicos que berram e quase matam as atletas por muito pouco, e naquele momento eu agüentaria tudo, menos uma surra sonora do mestre Lorde – *master* dos *masters* quando o assunto é esporro. O Bala fez que compreendeu e depois me pediu para subir rápido, que o meu quarto era o 131 e que eu ia dividi-lo com a Maria Inês. Pensei: Droga! Logo com ela...

    A Maria Inês era uma incógnita que tinha chegado havia cerca de um mês de Vitória. Era uma figura nem feia, nem bonita. Não falava pouco, nem muito; não estava enquadrada no bloco das atiradas, nem no das tímidas; não era exatamente simpática, mas também não era arredia. Parecia ser uma pessoa que se bastava, que não dependia da aprovação nem do Lorde, nem do grupo. Estava acima, ao largo. Era de outra natureza, de outro estado. E, de quebra, jogava como um demônio! Talvez até mais por isso do que pelo pouco tempo no time ela ainda não tinha se enturmado. Quando percebi que eu havia sobrado para ficar com ela, senti, é claro, uma ponta de alívio, mas, por outro lado, foi como o fim da carreira, dividir o quarto com a sobra, com aquela garota que ninguém queria.... Pensando bem, melhor assim. Ia ser um final de semana formal. Se ficasse com quem eu tinha um milímetro a mais de intimidade, podia acabar me traindo e deixando vazar a tristeza que eu estava estocando aqui dentro. Com a Maria Inês parecia tudo mais fácil. Eu entraria muda e sairia calada. Eu jogaria como nunca e a gente ganharia o campeonato. Depois eu voltaria para casa e mudaria de vida, e iria procurar outro rumo para dar às minhas coisas. Nunca mais basquete. Nunca mais Denise. Nunca mais fracasso.

    Subi o elevador muito certa de tudo isso. Entrei no quarto, disse um seco – Oi, Maria Inês –, e depois pedi licença para dar uma dormidinha. Botei o walkman na cabeça, deixei uma fita de rock pesado rolando e acabei tirando um cochilo. Acordei umas duas horas mais tarde com o ronco do estômago. "Putz! Quase uma e meia! O

Lorde vai me comer viva! E a Maria Inês desceu sem me falar nada... Que vadia! Perdi a hora do almoço..." Esfreguei os punhos nos olhos, me encostei na cama e balancei o relógio para ver se não havia algum engano. Mas daí a Maria Inês entrou no quarto e ficou mexendo os lábios enquanto eu fazia a minha melhor cara de quem não estava entendendo nada. Mas ela veio, se aproximou, tirou o fone das minhas orelhas e depois explicou que estava ali para me chamar para o almoço, que a cozinheira do hotel havia se enroscado toda e que por isso a bóia estava saindo mais tarde, mas que o Lorde não daria nem cinco minutos para que todas estivessem lá embaixo. Deixei escapar um suspiro. E acho que, sem querer, ele levou junto um sorriso que, ainda por cima, foi correspondido.

Pulei da cama num repente. Diante do espelho, prendi o cabelo num rabo de cavalo, enquanto a Maria Inês passava por trás de mim e ia até a cortina, para abri-la num golpe mortal: Uau! Que dia lindo! O céu parecia um paraíso! Chegava a doer a vista! Céu sem fim de azul, uma sensação azul entrando dentro de mim: quem sabe a Deise, aquela coisa toda com a Denise, era invenção minha? Fazia quase seis meses que a gente se cortejava lentamente, eu e a Denise. E não é que tivesse faltado oportunidade. Mas é que eu, desde os quatorze, já tinha dado algumas vezes com a cara na porta. Sabe, aquela coisa de cantar uma menina que lhe dá a maior bola e depois diz que não, que você está equivocada, que era só amizade... Isso quando elas não fecham o tempo, armam o barraco, aprontam escândalo. Então meu apelido agora era Prudência. Ia devagar, no maior banho-maria. Agora, talvez ela estivesse só me pondo em prova... Olhei de novo para além da janela. Só podia ser mesmo isso! Essa Denise... Me enchi de alegria para gritar com a Maria Inês como se eu fosse a capitã do time:

– Vambora! – Ela atendeu prontamente ao meu pedido.

No restaurante rolava a maior zona. Tudo muito descontraído. E eu entrei logo naquele ritmo. Sentei numa ponta, meio mal educada, sem me preocupar nem um pouco se a Maria Inês ficaria ou não deslocada. Minha única meta era ficar num ponto estratégico, pronta para vigiar de perto qualquer sinal de romance entre a Deise e a Denise. Os garçons já estavam servindo: frango assado, salada de alface, tomate e pepino, batata frita, arroz e feijão; de sobremesa, gelatina, e suco à vontade – de melancia, abacaxi e laranja. A mesa era farta, como era farto o cinismo daquelas duas mulheres que estavam ali se equilibrando em suas garfadas. Absolutas. Rígidas. Nenhuma faísca suspeita... Também pudera! O Lorde era bom farejador disso e conversava com a gente sem rodeios. Falava que não era contra nem a favor, que cada um sabe direito o que faz na cama, quando e com quem. Mas que entre atletas dele não admitia sexo nem namoro porque não queria ver briga de amor interferir no desempenho do time. A gente entende, é claro. A explicação faz sentido. Mas o coração é o mais ignorante dos órgãos e pouco ou nada compreende do que o ouvido às vezes coa. Então, vira e mexe tinha uns pegas. A Roberta e a Ivone, por exemplo, tinham sido dispensadas na calada, de um dia para o outro. A Roberta estava jogando um bolaço e, de repente, tinha sido cortada. Ninguém ousava perguntar o motivo, mas no fundo todo mundo sabia: as duas estavam praticamente casadas! Com medo disso, a Deise e a Denise não deixavam escapar nada. E eu ali, na moita... Epa! Lá ia rolar um brinde! Era coisa do Bala:

— Um brinde a esta superequipe que chega invicta à final do campeonato! Tim-tim.

Depois, a debandada. Mas o Lorde ainda gritou lá da outra sala:

— Gurias, aqui comigo às cinco em ponto. Por enquanto, fiquem à vontade, mas não saiam do hotel...

A moçada correu solta: um bando foi para a calçada, beber do claro do dia, contar piada, jogar porrinha. Outro tanto foi ver o salão de jogos, que tinha mesa de pingue-pongue, sinuca e carteado. As pessoas foram se dividindo, a Maria Inês abraçou um livro e subiu. Eu disputei uma rodada de buraco, depois desisti. Andei por aqui e por ali. Soube que o Lorde estava tranqüilo no quarto, enquanto o Bala tinha saído para descolar uma quadra para um treino leve mais à noitinha. A Irene estava aqui, a Lourdinha, a Neuza, a Vanessa, a Zanza. Fui caminhando e encontrando todo mundo, menos a Denise e a Deise. Meu coração estava cortado em tiras. O ciúme me inchava a garganta. Achei que era melhor dar um tempo no quarto e, sei lá por que, resolvi subir pela escada. Mas eu estava hospedada no décimo terceiro, aquilo era uma loucura, eu tinha jogo no dia seguinte... No sexto andar, desisti daquela empreitada. Apertei o botão do elevador e não cheguei a esperar nem um segun-

do para ver a porta automática se abrindo. Susto triplo e mortal. Lá dentro, completo delito: Deise e Denise! Dois lábios colados noutros dois lábios armados de todos os gostos de um beijo... A porta automática se fecha. Engulo um grito e resolvo seguir pela escada. Não choro. Não corro. Nem sei direito como me movo. Subo até o meu quarto, mas não tenho as chaves. Bato e espero que a Maria Inês abra. Ela destranca, depois grita:
– Entra.
E eu entro. Ela colada no livro. Eu com o meu corpo aflito. Ando de um lado para o outro. A Maria Inês finge que não me vê à beira do precipício. Estou nervosa demais para ficar por ali. Sem lugar, me sinto. E por isso saio de novo. Vou pelas escadas. Chego ao hall de entrada e encontro a Deise, que está visivelmente preocupada e me convida a tomar qualquer coisa.

Eu aceito, nós vamos até o barzinho e lá aproveito para encará-la com meus olhos de peixe morto. Estou igual a um paiol de pólvora e ela que não ouse sacar de uma caixa de fósforos... Se me provoca, hei de explodir o quarteirão todo! Mas, no fundo, é difícil ter assim tanta raiva da Deise. Ela é uma jogadora muito técnica, faz o tipo que pensa muito antes de armar qualquer jogada e por isso proporciona passes de uma precisão cirúrgica. E, como se não bastasse, tem o corpo bem desenhado, fornido, de modo que você pode dizer, sem medo ou dúvida, que ela é bem bonita. Tudo nela parece ter sido feito sob medida, todos os encaixes, as curvas, todas as linhas. Além disso, é uma diplomata. Nunca discute, nunca se assusta e, nos momentos de pânico do time, ela é sempre a voz que acalma. Agora a Denise a mandava à frente, para saber como estava o terreno. Pois eu me adiantei. Saí logo dizendo que elas não tinham que perder o sono comigo, que eu não era dedo-duro, mas que achava que elas bem que podiam tomar um pouco mais de cuidado. E fui dando exemplos, me tornando prolixa, complicando tanto os gestos quanto a fala, porque eu podia dizer qualquer coisa, até confessar meus pecados mais bárbaros, mas eu não teria forças para ouvir da Deise nada que fosse sobre o amor das duas, sobre como elas estavam se gostando... argh, eu preferiria morrer necrosada! E acho que fui eficiente. Porque a Deise me agradeceu um bocado e depois subiu para o mundinho delas, enquanto eu fiquei ali tentando me afogar nas bolinhas da água com gás. O Bala foi quem me acordou do transe dando um tapinha em minhas costas e me convocando para o ônibus:

— Vamos treinar, menina!

E eu achei que seria mesmo bom suar, correr, gastar o que me roía o sossego.

O treino seguiu sem problemas. Foi mais, na verdade, uma forma de assassinar o tempo longe da ansiedade de quem não tem nada a fazer a não ser contar no relógio as horas que faltam para uma coisa importante. Foi só um aquecimento, um pouco de conversa fiada. Eu seguia ali tentando ser indiferente, transitando por todos, por tudo, como se nada em mim estivesse doendo. Acho que dei conta da cena, até me senti mais leve. Depois a equipe toda voltou a pé e cantando. Fizemos só um lanche e aí cada dupla foi direto para o quarto. A Maria Inês ligou a televisão. Eu fiz um comentário. A gente então começou a conversar sobre uma coisinha e depois outra. A gente riu disso e também daquilo. Aí eu disparei a contar dos grilos que tinham ocorrido durante a campanha do time antes de a Maria Inês chegar. Fui narrando os acertos e os erros, os ataques do Lorde, os problemas com patrocínio e logo o assunto ganhou outros rumos. A Maria Inês deu os detalhes da mudança, disse o que achava do grupo, das dificuldades que via, dos limites, e quando demos conta estávamos como velhas amigas, trocando figurinhas, fazendo planos. Até que a Maria Inês pulou para a minha cama e insistiu em saber o que estava acontecendo comigo. Disse que tinha me achado meio estranha o dia inteiro. E foi aí que eu não consegui fazer a curva: capotei nos braços dela, chorando o dia infeliz que tinha vivido. Ela me abraçou forte, depois me deitou em seu colo e ficou fazendo um redemoinho com os dedos assim sem compromisso nos cachos do meu cabelo. E eu fui gostando daquilo, e fui reunindo outras amarguras para dar corda para aquele carinho: falei de um cachorro, atropelado quando eu era ainda quase um baby, falei da morte da minha prima Rita, da saudade que sentia da casa que tinha um abacateiro... e segui assim juntando forças para chorar um ano todo, por que é incrível como tristeza chama tristeza, forma um labirinto e vai crescendo... Mas, súbito, a Maria Inês me prega um beijo. Um martelo, dois percevejos e eu já o vejo preso em minha boca para, em seguida, escorregar dentro dele. Vou navegando. Sou um marinheiro. Sou Popeye, *the sailor*. Estou forte. Feliz. Me derreto na boca dela, no rio que é a língua dela. Depois me dependuro nas margens, mordo os lábios carnudos. E penso na Deise, na correnteza, num maremoto, nas conseqüências. Estou feliz com o absurdo dos acontecimentos e por isso agradeço, de olhos fechados, à Sagrada Providência. A Deise me levou a Denise e me trouxe a Maria Inês – eu penso. Não que elas fossem peças substituíveis, mas é que a calma precisa da Maria Inês agora me parecia uma tábua boiando depois do naufrágio. A mão dela me segurando o queixo, depois passeando pela maçã do rosto. Um beijo num olho, depois no outro. Ela pisca os cílios me fazendo cosquinhas pela bochecha. Eu rio mansinho, desviando o corpo de pedras e seixos. Depois ela me diz que aquilo é beijo de borboleta e eu ouço mesmo o bater das asas. Ouço o colibri que pousa no nada para beber da flor. Ouço meu coração batendo mole. A gente se perde e se namora. E depois percebe que já está quase na hora de acordar, de levantar. A gente resolve tomar um banho juntas. E a coisa esquenta de vez. Abro a torneira fervente da veia. Deixo escorrer.

    Eu tivera outras experiências antes, mas só agora sentia que era para valer – fazia um barulho danado dentro de mim! Mas a gente teve que se segurar um pouco. O Bala ligou:

– Suas molengas! Praticamente só faltam vocês...

E nós descemos. Fomos de mãos dadas no elevador até o sexto andar. Lá, a Deise entrou. Bateu os olhos depressa nas mãos entrelaçadas. Deu bom dia, sorriu cúmplice, pediu licença e segurou a porta um segundo. A Denise veio correndo e foi pega de surpresa por um abraço da Deise. Sem graça, perguntou se a gente tinha dormido bem. E nós respondemos juntas:

– Quase nada...

Caímos na gargalhada. As duas não resistiram e riram junto com a gente. Lá embaixo, o Lorde reclamou um bocado do atraso, com a deselegância de sempre. Mas nada mais nos abalava. Eu sentei com a Deise numa mesa. A Maria Inês, junto com a Denise, foi sentar lá do outro lado. Ninguém trocou sequer um olhar. O assunto do dia era só um: ganhar o jogo! Eu cortei o pãozinho ao meio, passei manteiga e pensei: Que bom! Hoje é dia de decisão!

Molto allegro

Está escuro aqui. Talvez escuro demais. E eu não vejo o que ela faz. Só sinto como se a brasa dos dedos dela viesse corroer a minha pele. Parece que ela tem calma e vai me torturar por longas horas, sem pressa. Me trouxe para dentro do quarto carregada em seus braços, depois me deitou nesta cama coberta de pétalas de rosas! Como o cheiro é bom! E há ainda este restinho do Kirsch preso às nossas bocas...

É que ela comprou a garrafa especialmente para esta noite, quando a gente faz dez anos de casamento, namoro, romance – qual será o nome correto para um sentimento tão forte e contínuo? Eu não sei... Ela também não. Mas acho que isso importa pouco. O que interessa é que para ela essa é a nossa primeira noite: a primeiríssima dos próximos dez anos! Eu a ouço falar isso e me emociono. Tanto tempo depois e ela ainda me faz sentir esse frio mordendo o estômago! Tenho que fazer força para que as lágrimas não invadam o rosto. Tenho que apertá-la assim, desse jeito, contra o corpo, para que me sinta tranqüila com o excesso de felicidade que gira em torno de nós duas. Será que faz mal ser feliz desse jeito tão doce?

Lembro muito bem nosso primeiro encontro. Ela tinha já 38 anos e uns fios brancos na parte da frente do cabelo que me chamaram muito a atenção. Eu acabava de completar 33 e estava feliz, achando que enfim a maturidade viera e que seria bastante adequado se aquela coisa – a maturidade – se encantasse e trouxesse um novo e grande amor junto com suas coisas, escondido num canto qualquer. E aí, de repente, aquele encontro. Foi um *miai* – que é como os japoneses chamam um encontro programado. Por uns três meses, nossos amigos em comum tinham feito propaganda de uma para outra. Naquela noite, no telefone, o Caco soprara baixinho em meu ouvido:

– Vem depressa, bem bonita, que ela está aqui... te esperando!

Hoje, pensando bem, aquilo não fazia sentido. Mas eu tratei de tomar um banho rápido e de me enfeitar do meu jeito troncho para ir até lá. Era uma reunião pequena, umas nove ou dez pessoas. O Caco me colocou sentada bem ao lado dela! Mas eu não tinha coragem de olhá-la no olho. Fiquei por ali distribuindo frases soltas e armando o palco para o meu modesto, *pero muy* engraçado, show ambulante: pus em cena todo o meu repertório de piadas e caretas! E valeu a pena: quando dei por mim ela estava quase chorando em meus braços, atingida no fundo pela força das próprias risadas... pois eu nunca mais soltei da moça! Dei a mão para ela naquele instante e não soltei mais, nunca mais. Ela se acalmou do colapso de riso e me deu um abraço. E assim foi o nosso primeiro encontro: com muito humor, carinho, suavidade!

Agora tudo vem misturado para mim. Passado, presente, futuro. Acho até que já não sei onde começo, onde termino. Vai ver já estou é meio bêbada e confusa. Sinto como se as cerejas do Kirsch tivessem sido destiladas junto com um buquê de rosas claras e silvestres. Esse é o nosso gosto. Só lamento mesmo aqui estar tão escuro! Mas, sei lá, de repente é esse breu profundo que amplia o efeito de tudo: gosto, cheiro, toque. Pois, nesse instante, ela descansa meus lábios do forte e seco da bebida e corre meu corpo em direção aos extremos. Passeia como se tivesse chegado pela primeira vez a uma cidade pequena, a um povoado, e estivesse muito à vontade percorrendo suas ruas, vielas, monumentos, praças e becos desconhecidos. Sem medo, ela caminha, movida pela curiosidade. São pés, mãos, nádegas, costas, cabelo. O sossego da praia do Cedro, as pedras da Ilha de Páscoa, os pingüins da baía de Saint Andrew. Como pode o mesmo corpo, o mesmo roteiro ter ainda tantos encantos, se mostrar sempre outro, diferente e inteiro?

Juro que não entendo. Mas não faço mesmo questão de entender. É que agora, de repente, ela põe os dedos da minha mão esquerda em sua boca e brinca com eles. Depois, repete a gracinha na mão direita e parte, rápida, para fazer o mesmo com os dedos do pé. Suga, sorve, absorve, sorvete, enquanto eu me derreto e ela segue alternando ritmos e provocando em mim indiscretos ataques de riso. *Molto allegro. Piano. Allegrissimo.* Ouço a música dos movimentos enquanto penso em como ela é covarde, pois sabe bem o que em mim funciona como fogo mínimo de fósforo que depois se expande até incendiar toda a mata! Ah, ela devia ser presa por isso... É claro: deveria ser costurada ao meu umbigo e sentenciada então a me fazer uma surpresa dessas por semana. Meu anjo sem guarda.

    Eu a puxo de volta. Quero tê-la deitada sobre o vago do meu corpo, com as asas dela me servindo de coberta. Sinto um peso bom, de posse, quase a destruir minhas costelas. E então decido que é a minha vez e me ponho a mastigar o osso do ombro dela, a castigar suas costas com os meus dedos de catar risinhos, de laçar gritinhos e aprisionar gemidos. Ela me corresponde, deixando a língua solta no campo do meu pescoço. Eu me sinto como criança levada, que acha brinquedo exclusivo, proibido e ainda encontra companhia para cometer esses pecadilhos. Dúzias deles.

    E sei lá por que, de repente, dou de pensar nas coisas que não sei, nas coisas que desconheço, naquelas que não entendo... Parônimos, polissemia, a teoria do caos, a física quântica, a biologia, a botânica, os desmandos do governo... Depois concluo que neste escuro, que neste silêncio, nesta solidão erguida a duas, nada é preciso saber além daquilo que o próprio corpo garimpa dentre as sensações – tato, paladar, olfato e prazer. E isso me parece justo. Ter essa ilha de tranqüilidade boiando no escuro do nosso quarto...

    Mas escute só como batuca ligeiro o coração dela que agora se encosta em meu peito! Escute como eles se unem, como o compasso aos poucos se junta: é o mesmo! E a mão dela vem para debaixo da minha blusa, vem fazer fuzarca com meus seios, me deixar em parafuso. Ela beija minha barriga, beija confusamente toda a pele que acha desnuda. Mas mantém firme aquele dedo no bico do meu seio, manso redemoinho, cata conchinhas na areia. Depois ela arranca com graça a minha roupa. Arranca a sua. E agora parece mais quente ainda, pousando o todo do peso dela sobre mim enquanto anuncia mais surpresas.

    Um vidrinho assim de mel. Ela mete lá dentro uns dedos. Depois desenha seu nome com gotas douradas em meu colo. Mas diz que errou umas letras e faz da língua borracha, desmancha o que estava gravado. E volta a atacar. De novo os dedos lambuzados, e ela vem bordando agora um coração gigante em minha bunda. Eu rio. Eu choro. Fico maluca. Me divirto com aquela minha mulher pirada que agora se diz minha médica, e que precisa verificar certas coisas... Me assegura que mel é um santo remédio para alguns problemas que surgem às vezes lá mesmo... Sem vergonha, essa moça. Já abre minhas pernas – sem esforço! Examina, só para ter certeza de que tudo está como ela deixou da última vez. Depois me cobre certas partes com fartas doses de mel para, de repente, fingir que ela é um enxame de abelhas cruéis que chega para atacar: me morde, me belisca, me sacode. E eu apenas mexo os quadris, feliz da vida, pronta para receber daquela menina a delícia de seus muitos presentes.

    Depois, depois de muito tempo e suor, ela saca do escuro do cômodo outro mimo. Ouço o barulho da corda dentro daquele maldito escuro infinito. E só agora adivinho a ternura da canção de ninar que o brinquedo toca. Sinta comigo! E agora me diga: o que pode haver de mais bonito do que ter uma mulher que embala meu gozo dentro de caixinhas de música? Eu a aperto com toda a força que tenho. Depois choro mansinho. Estou em nossa casa, em nossa cama, em nosso corpo. Estou que não me contenho.

Mil beijos

O começo tinha a ver com o inverno. O frio. Eu tinha dezenove anos e acabara de entrar para o curso de Psicologia. Tudo era novo, estranho. Eu gostava do que fazia, estudava muito e só mesmo no fim de semana deixava os livros de lado para cair, vez em quando, na gandaia. Naquele sábado, foi assim. Fui a uma festa da turma. Um povo engraçado. Eu ri como nunca! Dancei adoidado! Depois dei uns beijos num cara, que estava chapado de fumo. Um bode. Pulei fora. Resolvi ir embora. Me despedi de um e outro. Estava já meio tarde e os muitos mililitros da tequila que eu tomara balançavam um pouco tudo o que eu pensava. Desci, mas na rua, por um segundo, pensei na dificuldade estúpida que seria àquela hora, fim de madrugada, arrumar um táxi. Voltei uns passos. Apertei o botão do elevador. Queria subir e usar o telefone. A porta se abriu. Do cubículo saiu uma garota alta, de cabelos curtos, pele muita clara e um sorriso lindo! Saiu e me perguntou se eu não queria uma carona.... de moto.

Lembro-me bem até hoje, tantos anos depois, da porta se abrindo com um baita surto de energia, porque a Paula nunca é qualquer uma. Mesmo nos movimentos mais comuns – escovar os dentes, tomar café, pôr o lixo para fora –, tudo ela faz com uma força única, como se tivesse uma importância derradeira, cabal, ou como se o mundo fosse findar ali adiante, naquela esquina. Não é que os gestos sejam bruscos, mas definitivos, definidos por demais, quase ensaiados. Ela se move sem dúvidas, como se tivesse um dever a ser cumprido. E, por isso, tudo nela soa solene. Então, o convite, a porta se abrindo, aquela mulher, aquele sorriso, a blusa de couro, o cabelo curtinho... Tudo foi e é muito especial. São coisas que jamais esqueci!

Aceitei a carona. Dei meu endereço e perguntei se não seria muito incômodo. Ela me respondeu que não, mas que tudo na vida tinha lá seu preço. Eu ri, porque não sabia de nada melhor para fazer naquele instante, mas vi crescer dentro de mim uma ponta de temor que já ia me alcançando o pescoço. De todo modo, subi na moto sem coragem de perguntar afinal de contas qual seria o custo da corrida. Ela foi devagar por uns quarteirões, depois eu mesma pedi que acelerasse. Então puxou meu corpo para perto do dela e cortou a avenida como um bólido louco. Ziiilllvuuummm. Lá longe, o sinal vermelho. Ela desacelera. Pára. Olha para trás. Vejo só seus olhos brilhando. Hipnóticos. Carrego minha boca de coragem e disparo a pergunta:

– Qual vai ser o preço da carona?

Ela se contorce mais um pouco e se atira sobre mim. Bazuca. Canhão. Granada. O beijo disparado em minha cara. Um. E depois mais um que vem e se encosta. Dois. Sem sossego. E lá vem um terceiro que põe os lábios sobre o meu susto para, em seguida, se ver perdido no meio do ronco do motor que vai nos levando, deixando para trás o ponto-morto, o marasmo. E a voz dela vem para mim junto com o frio do vento:

– O preço? Mil beijos!

Faleço. Desmaio. Minha cabeça é feita de retalhos. Nada faz sentido. Nada combina. Não há encaixe. O que estou sentindo? Penso numa ratoeira. O queijo posto como armadilha. Já na porta de casa, me despeço sem saber direito o que estou fazendo, sem conseguir entender por inteiro o que está acontecendo. Saio quase correndo em direção à portaria do prédio. Ela me alcança. Me segura pelo ombro esquerdo. Me viro. Dou de cara com aquele olho verde, quase um ímã de tão lindo! Acho que flutuo por uns momentos. Até que a vejo esticar-me um cartão. Ela diz:

– É o meu telefone.

Dá uma pausa para armar um sorriso. Põe o dedo no gatilho e me acerta de novo, com um tiro perfeito, preciso:

– Liga para mim amanhã. É tudo o que quero...

Corro, entro. Me fecho atrás da porta de vidro do prédio só para vê-la dando partida, colocando o capacete, desaparecendo para além da esquina. Já na sala de casa, me jogo no sofá. Pego o cartão. Passo e repasso os olhos: Paula Viscovitiz de Alencar. Meu Deus! O que será de mim?

A palavra certa é nunca. Nunca pensei que fosse perder os dias sonsa, zonza, náufraga, aturdida. Estava satisfeita com a minha vidinha. Tinha uns namorados espoucando aqui e ali. Nada sério. Nada que me tirasse o juízo. Mas também nunca havia me imaginado engolida pelo campo magnético de uma moça. Meus dias viraram um poço de dúvida. Será que vale a pena? Será que não é muito enrosco? Mas as respostas vinham dos lugares mais inadvertidos: no meio do sono, um rosto invadia os sonhos. Na rua, todo corpo provocava um susto simplesmente porque se parecia com aquele corpo. Então resolvi passar o fantasma a limpo e discar o número – era o começo de um namoro!

O nosso início, meu e dela, tem tudo a ver com o frio, que funcionou como uma espécie de padrinho para aquela história que estava só engatinhando. Eu saía da faculdade, já tarde da noite, e ela estava lá, silente, me esperando sempre no mesmo lugar, sempre ela, debaixo daquela árvore grande que nem existe mais. Bem do alto do prédio, do quarto andar da escola, eu esticava o meu pescoço de apaixonada para ver se a Paula estava lá, no posto dela, montando guarda. Nunca faltou. Foi um curso inteiro. Nem na temporada de chuva, nem no frio, menos ainda nos dias bonitos de calor. Ela não falhava nunca! E assim me escravizava, cada vez mais e mais. Às vezes, cometíamos abusos, e quando ela me deixava na porta de casa, namorávamos como se fosse permitido. O dedo dela escorrendo sob minha blusa, o rosto frio dela castigado pela brutalidade do vento, o gosto da boca, da pele, de tudo! Depois eu ia cambaleante abrir o portão. Entrava. Sempre achei que um dia ia tropeçar no meu tesão... Avançava pelo corredor comprido da minha casa, rezando para não encontrar o olhar do meu pai, nem a compreensão exageradamente falsa da minha mãe. E corria para o banheiro, para ver se o beijo da Paula ainda aparecia ali no espelho. Para ver se na minha testa não estava escrito em enormes letras púrpuras o que eu sentia e como aquilo tudo me martelava no peito.

Mas, de repente, depois de uns tantos e longos anos, depois de a gente ir colecionando quilos e mais quilos de histórias boas intercaladas por algumas poucas brigas, de repente o que era bom, consistente, denso, se dissolveu – algodão doce e saliva. Foi numa quarta-feira de setembro, um dia 16, em que o que era fogo virou cinza. Naquele dia, o que a gente sentia e era tão grande virou pó. E tudo o que ficou foi um amor sem horizonte.

Eu havia me formado no ano anterior e já clinicava. Tinha uns quatro ou cinco pacientes fixos, um horário irregular e pouca grana, mas andava contente, dando os primeiros passos, e fazia muitos planos – até quem sabe me casar com a Paula para tê-la todo dia entre os cachos do meu cabelo, entre risos, como uma pílula anticansaço, antitristeza e antiamargura. Pois naquele dia, naquele 16, eu havia recebido uma proposta e tanto. Era um convite para trabalhar num hospital de Santos, num projeto moderno e que oferecia um salário bacana. É claro que eu disse SIM no ato, para só depois entrar em curto: Santos, trabalho, satisfação, *money*, grana, bufunfa, sonho realizado, uma casa, futuro, Paula, Paula, Paula. Pois era preciso ir voando falar com o meu amor sobre a minha vida, a nossa vida, sobre a possibilidade concreta de efetivar alguns dos nossos planos. Eu já imaginava a Paula comigo morando numa casa em Santos, com vista para o azul eterno daquelas águas. A gente namorando na varanda, o barulho das ondas quase se incomodando com os gemidos da gente na cama... Pronto: agora já me vejo descendo do táxi, batendo a porta de um Monza branco estacionado bem diante da porta da firma da Paula. Pago o moço. Respiro fundo. Estou louca para contar a ela as novidades... Cato a chave no fundo da bolsa e abro a porta.

Fui entrando, enquanto assobiava qualquer canção boba e feliz. Mas, de repente, me vi muda, com o assobio despencando dos lábios para ir morrer no ladrilho. Sangue, névoa, triste encontro. Paula nos braços, Paula no colo, Paula não acho, Paula engano. Foi o que eu vi. Não é conversa fiada. Paula atada a outra mulher, outra carne, outro riso, outros olhos, outros ombros. Nenhum siso. Sem palavras. Juro que nem me lembro da cara dela, da outra. Não sei do seu nome, da cor da sua pele... Fiquei cega, mínima, mouca, hiperalérgica. Mal Paula me viu, tentou se ajeitar para poder vir atrás de mim, mas já era tarde. Eu me virei. Já em decomposição. Estava me desmanchando. Borrando os meus passos. Tonteei. Me apoiei na parede mais próxima. Respirei fundo e, antes que a Paula desse conta de vestir ao menos um robe, eu já estava vomitando na rua. Longe.

Era ponto final no meu primeiro grande amor. Enorme amor. Agora, vazio...

Hoje, quatro anos depois, moro em Santos. Minha vida profissional vai muito bem. Vivo só num apartamento que não é grande nem pequeno e que contém uma vantagem: é meu. Nos finais de semana, levo um livro para a praia, sento, tomo uma cerveja. Às vezes, fecho os olhos e só me bronzeio. De vez em quando, viajo. Ou vejo vídeo, assisto à TV, como pizza sozinha aqui em casa. Quando me dá na telha, transo via Internet, mas sigo avulsa, peça unitária até hoje. Nenhum amor à vista. Hoje, por exemplo, é sábado, quase quatro da tarde. Chuvisca, apesar do calor. E eu não tenho vontade de fazer nada. Então, me sento na varanda. Vejo o movimento, me molho de leve com a chuva que cai quase em conta-gotas e bebo um pouco do vento. A maresia. Esse cheiro forte e bom. Mas o telefone toca. Quebra a minha preguiça que já estava se consolidando. Levanto, rezando para não ser emergência. Atendo. Silêncio. Digo alô, alô. Desligo. Que saco! Vou até a cozinha. Pego uma maça na fruteira. Lavo. Mordo. O telefone toca de novo. Alô? A voz do outro lado do aparelho me responde:

– Oi. Sou eu, Ivana... a Paula.

Eu me sento. Me rendo. Que os índios me amarrem, que os piratas tomem meu barco de assalto... Eu não tenho forças. Já faz tanto tempo! Mesmo assim, bambeio.

– Oi, Paula. Que surpresa.

Ela não estica a conversa. Como sempre fez, vai direto ao assunto, em linha reta. Quer me encontrar. Agora. Já. Quer vir aqui em casa. Eu discordo. Desconverso. Pergunto onde ela está.

– No mesmo endereço. O de sempre.

– Então... então é melhor que eu vá. Vamos fazer assim: dentro de meia hora eu subo. Que tal? Subo a serra. A gente se encontra... Acho que é melhor num bar...

Ela garante que é coisa de extrema importância e urgência. Prefere em casa, na casa dela. Concordamos. Digo tchau. Ela responde:

– Um beijo...

Desligo o aparelho. A voz dela ainda é sólida em minha orelha e dói, como se fosse um caco de vidro. A maçã que eu mordi há pouco já está escura. Parto-a no meio. Jogo parte fora. Finco os dentes no que resta, no que ainda presta. E penso que devo agir assim com a Paula. Nada de rever o passado, revirar no mundo podre da gente. Melhor arrancar este lodo e jogar longe. Aproveitar o que se esconde por debaixo da capa feia e negra. Deve haver algum proveito no resto da polpa dos nossos sentimentos... Deve haver! Me troco. Desço até o carro. Entro. Sento. Ligo. Dou a partida. Sigo. Partir... Tenho o caminho, as curvas, a subida para tentar organizar os fatos. E qual é a verdade afinal? O que sinto por aquela voz? Por que não a mandei à merda no telefone o mais depressa possível? Por que aceito isso e me ponho na estrada para vê-la? Descubro no fundo, debaixo de três mil camadas de pó e mágoa, que ainda há alguma coisa a estalar em meu peito. Sopro na brasa. A chama que ressurge, covarde, neste sábado sem graça que ia passar batido, despercebido em minha vida... Tremo de leve, enquanto passo a marcha do carro. Quem será ela hoje? O que será que faz? O que fez? O que quer? Será que vai estar sozinha?

Durante bem uns dez meses ela insistiu – devo dizer. Paula me perseguiu, me infernizou. E eu fugi como pude. Estava cheia, transbordando de tristeza, ocupada com isso. A cena estava colada em mim com Super Bonder. Nada desprega. Tão rude, tão forte, tão inesperado. Eu não merecia – nem ela – um fim destes... Está certo que vínhamos mesmo enfrentando problemas. As brigas de tempos em tempos, as discussões por coisas cada vez menores. Mas isso não era motivo para tanto; são coisas que todo mundo enfrenta! A verdade é que ela me traíra e era difícil esquecer o caminhão de ira e desgosto que me atingira em cheio. E depois, depois dos dez meses, ou alguma coisa assim, ela, de repente, desaparecera. Achei naquela época que tinha surgido alguém. Era bem a cara dela tapar um buraco com uma peça similar. Sei lá. Só imagino. Porque dei realmente de me desinteressar por tudo o que havia chegado perto dela, tudo que havia ao seu redor. Joguei fora tudo: cartas, presentes, bilhetes, cartinhas. Queria senti-la ausente e estava até que feliz com a possibilidade de reconstruir meu espaço sem ter por perto algo tão instável quanto aquela mulher que fingira ser sincera por tantos anos comigo! Pois eu preferi mesmo ficar sozinha, cicatrizando a mordida com todo zelo, vigiando mais de perto o meu umbigo. Era preciso encontrar em mim o meu próprio eixo. E acho até que consegui... A distância, o sofrimento, o drama, o isolamento. Tudo acabou me servindo para muita coisa. Vi que podia andar com meus pés, que minhas pernas agüentavam o tranco. Fiquei livre da presença claustrofóbica da minha família e consolidei o exercício da minha profissão. Mas qualquer um podia ver, é claro, como eu andava tensa. Bicho solitário, tufão preso, peixe num microaquário.

    Agora, já a caminho, ia ainda tentando passar a limpo cada capítulo da nossa história. Mas era tudo muito difícil, porque a verdade vinha dar na minha cara como um castigo: eu ainda amava aquela mulher! E bem sabia disso. Tudo nela ainda vivia de algum modo comigo. O jeito acanhado de empreender um sorriso, a dicção tão paulista, o condimento do corpo... Tudo estava ainda em mim em demasia, como se eu a tivesse visto só ontem e não quatro anos antes!

    Pronto. Cheguei. Estaciono na esquina. Tento respirar fundo, mas engasgo com o ar. Tusso. Suo nas mãos. Estou nervosa demais, muito confusa, sem sinal algum de sossego. Resolvo dar uma volta no quarteirão, com a janela escancarada, o rosto quase para fora, para ver se a brisa que fabrico com o movimento do carro me anima, me explica o que está acontecendo comigo neste sábado que ia sem problemas chegar ao fim, mas que, agora, é como um paralelepípedo gigante no meio da minha vida. Faço o contorno devagarinho. De novo, estou na porta da casa dela. Nem desligo o motor. Já penso em dar mais uma voltinha e talvez mais outra e outra até que algo novo, uma surpresa, um desvio, venha me tirar desse sufoco que... Ela dá três soquinhos na lataria do carro! Não a tinha visto se aproximar e me assustei com o rosto dela já dentro do carro, invadindo a janela, calada. Digo "oi" só para ganhar um tempo...

    – Que bom que você veio... Você está bonita, queimada... Vamos entrar!

    Ela se afasta então do veículo. Eu pego minha bolsa, tiro os óculos escuros, confiro discreta o batom e o cabelo no espelhinho e desço. Bato a porta. Um barulhão dos diabos! Um exagero de força! Depois mexo com as sobrancelhas, fazendo um esforço para parecer bem-humorada. Ela se afasta. Vai até a porta do escritório que funciona também como sua casa. Faz um sinal com o braço todo, me convidando e me aguarda. Eu passo por ela, entro. E depois, ainda de costas, percebo que ela tranca a porta. De novo, penso, estou na armadilha dela. De novo, me sinto um pedaço de queijo.

– Quer beber alguma coisa, Ivana? Está tão quente! Quer se sentar ali? Desculpe pela bagunça, mas é que a semana foi mesmo uma doideira... parecia que não ia acabar... Eu vou pegar um refrigerante para gente.... Você prefere cerveja?

Então era assim: não era só eu que estava nervosa. Quando a Paula fala desse jeito, sem parar, sem aguardar resposta, é porque a coisa está feia. Pois eu, por conta desse sinal de fraqueza, me senti mais segura e poderosa. E fiquei de pé mesmo, a fuçar nas coisas que estavam espalhadas pela mesa até dar de cara com uma foto nossa, nós duas sentadas num banco florido em Campos do Jordão. É uma foto de bem do começo, a viagem tinha nos custado uma fortuna, mas entrava para a nossa história como uma espécie de lua-de-mel. Tinha valido a pena. Mas ver a fotografia ali era como uma estaca no peito. E naquele instante, mais do que nunca, eu soube, não tinha mais jeito: íamos retornar à loucura! Mas fiquei na minha, tentando manter as coisas dentro do ritmo delas.

Eu estava'de costas para a porta e senti que a Paula vinha lá da cozinha arrastando o ar com aquela onda de energia que é uma característica dela. Mas quando conseguiu me alcançar, eu já estava de frente e disposta a dar uma invertida nas coisas. Dessa vez, eu dominaria a cena:

– Muito bem, dona Paula. Não sei direito o que fez você me chamar até aqui, mas sei porque vim.

E aí fui direto para o crime:

– Quer saber de uma coisa? Eu a perdôo. Já faz tanto tempo, não é mesmo?

Ela ficou ali calada e só cometeu a delicadeza de me passar um copo de guaraná gelado, com duas bolinhas transparentes boiando naquela mar amarelo. Eu disse obrigada com o corpo e depois me sentei do lado de lá da mesa, como se fosse a dona do escritório. Tomei um gole, devagar, para ganhar tempo, tendo o cuidado de deixar a língua se perder um pouco nos carinhos da pedra de gelo. E enquanto isso, a Paula se mantinha ali, parada, insistindo em nada dizer, mostrando-se entretida com os gestos automáticos de levar seu copo à boca. Depois, sentou-se, como se fosse minha empregada, na cadeira em frente, do outro lado da mesa, pronta para receber minhas ordens. Resolvi então ser ousada, maluca e exercitar as provocações que eu tinha comigo guardadas.

– É, Paula, você me fez sofrer poucas e boas... Mas isso é passado! – eu disse e meti o dedo comprido dentro do copo para ficar embaralhando o gelo, o guaraná, meu pensamento... Depois voltei à tona:

– Quer saber de uma coisa? Acho que você me chamou aqui para uma reconciliação... Será que estou certa?

Paula abaixou a cabeça e mordeu os lábios. Estava tensa, desconcertada. Continuei:

– Se você me quer...hum... digamos... acho que você devia pagar uma prenda! Deixa eu pensar... hum... já sei! Se você me quer, tire agora mesmo toda a roupa!

Eu falei aquilo e depois me senti uma tonta. Acho que cheguei a ficar com a cara vermelha de vergonha do tamanho daquela asneira. A Paula ia rir e dizer que de tanto conviver com pirados no hospital eu acabara louca. Ah, eu queria me esconder dentro da manga da minha blusa... Fiquei com vergonha do abuso, do absurdo do que eu falara, mas não havia mais saída. Eu estava ilhada. Em torno, só as minhas palavras estúpidas boiavam à espreita do próximo engano. Mas a Paula me negou qualquer frase. Não me ofereceu nenhum sinal de escárnio. Não me indicou nada ridículo. Ao contrário: se levantou com calma, foi até o outro cômodo e fez uns barulhos estranhos. Voltou, com a mesma cara, totalmente vestida. Passou por mim, ainda calada. Fechou a cortina da sala e tornou a sair, tendo o cuidado de apagar a lâmpada fluorescente que iluminava a sala. Depois demorou a dar sinal de vida e eu achei melhor juntar minhas coisas, deixar um bilhete de despedida e cair fora da casa. Mas não tive tempo. Enquanto pescava do fundo da bolsa os óculos escuros, dei de ouvir os primeiros acordes da música. Levantei os olhos e vi, na porta, nua e linda, Paula, coberta apenas por uma garrafa de champanhe e duas taças. Eu conhecia aquele corpo, mas ainda assim, estava espantada. Ela era a mulher dos meus sonhos! Inesperada, bela, espontânea, e depois havia nela aquela coisa estranha que sempre me encantara: um jeito de encher de cerimônia os gestos mais banais, sem, contudo, deixar de ser natural! Paula se aproximou. Pôs as taças e a garrafa sobre o tampo da mesa e depois veio devagar me dar um beijo. Um beijo que é mestre de outros que aprendem logo o gosto dos lábios e tomam aquilo como caminho para um hábito. São dois beijos, três beijos, são tantos que já os

perco. Me perco. E agora estou no meio dela, entre suas pernas. Estou que nem sei onde. Estou de novo no começo. De novo embriagada. Sem senso. Ela enche a boca de champanhe e depois espalha em meu corpo. Eu navego nas bolhas do copo, nas folhas da pele, nas farpas do rosto... Mas de repente:
— Dirce!
Um relâmpago corta tudo que eu vejo. Dirce! Era esse o nome! Por pouco achei que seria fácil. Pensei: ora, querida, tudo na vida se esquece! Mas agora via que não seria assim tão tranqüilo. Ah, basta dobrar a esquina que a senhora encontra a farmácia. Lá compra pílulas para dor, compra drágeas que apagam o passado... Que nada! Dirce era o nome daquela danada! Afastei com força a Paula.
— O nome dela era Dirce, não era?
Dessa vez, Paula manteve a cabeça empinada. Estava segura, recarregada de certezas depois daquela chuva de beijos:
— Era! É passado, entende? Dirce foi um dia, uma tarde. Dirce foi a maior bobagem da minha vida! E se você não quer acreditar, não acredite! Mas, durante esse tempo, não fiquei com ninguém. Guardei tudo para este dia. Ensaiei cada carinho que estava guardado aqui dentro à espera de você. Fiz terapia. Ginástica. Massagem. Estudei tarô, astrologia. Fechei contratos. Busquei investir em outras coisas. Tentei viajar, mas nada, absolutamente nada, fez sentido. Fiquei com vergonha da sua mágoa. Você estava — e está — coberta de razão. Mas eu tive tempo de sobra para arrumar a minha cabeça, para ver o que teve de bom e de ruim no nosso namoro. Acho que repassei sozinha, no escuro do quarto, umas duas mil vezes, cada palavra que a gente já se disse ou deixou de dizer, cada segundo de sexo, cada detalhe da gente. E acho, depois disso, que você é tudo que há na vida! Posso viver sem você, é claro. Mas é ao seu lado, tenho certeza disso, que as coisas vão ter nexo! Por isso, lhe peço esse favor infinito: uma chance!

Sorte ou azar? Destino ou acaso? Eu não sabia dizer. De novo, estava aninhada naqueles braços, como eu pedira a Deus muitas vezes. Dirce era passado. O presente é esse melado de champanhe por todo canto do corpo. Por isso, eu ia tentar. Me sentia obrigada a fazer isso. Meu corpo pedia...

Então, dei um beijo, outro e mais um... Quem não estaria disposto a pagar esse preço?

Três pedidos

Cheguei atrasada e fui esbarrando em uns e outros até conseguir um lugarzinho vago lá no meio da fila. Tentei fazer pouco barulho, chamar pouca atenção, mas era impossível: metade do auditório tinha preferido vigiar meus passos em vez de seguir o ritmo monótono da palestra.... Fiz, então, que não era comigo, me sentei, ajeitei os óculos, abri a minha pastinha de congressista e comecei a fazer algumas anotações. Foi quando bati os olhos naquele pescoço marrom e esguio que ia se esconder numa overdose de cachinhos! Fiquei sem respirar uns segundos, imaginando o que seria de mim se a dona daquela nuca resolvesse de repente vir habitar o meu mundo, mas depois fui me envolvendo com o tema da palestra e só muito de vez em quando me perdia de novo naquela pele castanha que era uma espécie de atalho para o paraíso.

Os trabalhos da manhã se encerraram com um convite para o almoço na sala ao lado, mas não me movi. Fiquei mexendo e remexendo em minhas coisas, como se as estivesse organizando, para ganhar tempo e ver para onde aquela negra de pescoço indecentemente lindo ia se encaminhar. Fui virando o rosto e acompanhando. Ela estava com uma calça creme de linho e uma blusa verde clarinha que era como uma moldura para aquela beleza toda. Tinha o cabelo curto, cortado meio de lado, que lhe dava um ar moderno. O nariz era largo e forte, os lábios, grossos, e ela exibia ainda um par de olhos gigantes, que riam quando ela falava com um amigo que ia ao seu lado e que gesticulava de modo bastante afetado.

Os dois foram para o refeitório e eu tratei então de juntar meus cacarecos rapidamente. Depois, quase corri, só para estar a postos a tempo de vê-los já na fila do bufê. E fiz questão de me sentar num canto de onde podia vê-la. Pronto! Agora sim: eu vasculharia o rosto dela sem pressa... Depois de ter passado a manhã inteira decorando suas costas, era hora de arquivar as expressões dela, seu jeito de rir, de contrair a testa, de suspirar – frente e verso. Almocei arroz à grega, um bife, molho escuro, salada verde e os beijos que sonhava que dava no rosto daquela moça... Acho até que ela me olhava também, de vez em quando, assim só com o rabo dos olhos. E quase me engasgo com a sobremesa: uma mousse de chocolate! A sensação, no meu desvario, era de estar mordendo aquele corpo que eu acabara de conhecer...

Depois do almoço, ela foi ao banheiro. E eu engoli rápido a última colher de mousse para poder encontrá-la lá dentro. Ela estava escovando os dentes e pude ler no seu crachá: "Dra. Vanessa". Fiquei diante do espelho penteando meu cabelo, enquanto a perseguia despistadamente com os olhos. Ela até me acenou um segundo, um cumprimento assim só com a cabeça. E depois saiu, me deixando com a clara sensação do estrago que poderia fazer em minha vida, porque ela, definitivamente, fazia o meu gênero. Fiquei um tempo ali, encarando meu rosto, mas eu já não existia mais, era ficção. Estava era longe, planando sobre outros horizontes, pregada às saias do cabelo daquela mulher, acorrentada à ponta de seu sorriso, pronta para perder o juízo...

À tarde, infelizmente, não consegui me sentar perto daquela quimera. Para dizer a verdade, a perdi de vista! Fiquei chateada, sem a menor vontade de assistir à próxima sessão. Mas daí veio um moço chamar pelo microfone os componentes da mesa, que iam participar do debate logo depois da exposição da especialista em mastectomia e reconstrução da mama. Parece que era uma figura vinda do Ceará, de um Centro de Referência que existe em Fortaleza. O presidente da mesa, que fora meu professor, o doutor Machado, foi quem anunciou a presença da palestrante. E foi aí que a vi caminhando devagar, subindo as escadas, dando um sorriso para a platéia – não, não era um sorriso genérico; era só para mim.... era um sorriso exclusivo, tenho certeza! Pensei que corria risco de vida, porque aquela negra linda era ainda por cima uma profissional de primeira linha, era a Vanessa, a minha doutora Vanessa, especialista em mastectomia!

Ela falou por quase uma hora, enquanto eu mantinha as pupilas dilatadas, vigiando seus movimentos: o balanço dos cachinhos do cabelo, o início de um sorriso, a súbita aparição de uma ruga deitada no meio da testa quando ela discursava sobre algum ponto mais delicado ou complexo da operação... A discussão proposta pela doutora Vanessa era sobre as dificuldades do pós-operatório em relação à sensibilidade e à dor. É que na cirurgia os nervos da pele são cortados junto com o que não está bom. E, por conta dessa incisão, a região perde a sensibilidade. Mas a técnica de reconstituição da mama pressupõe a retirada de uma parte do abdômen que vem para garantir novo volume às mamas e que traz junto um nervo que é então remendado a outro que sempre esteve ali na região. E está feito. E tem tudo para ficar bom, mas a recuperação demanda certo tempo e aí é que a paciente mais precisa de apoio, carinho, compreensão. Porque nos seis primeiros meses o local fica insensível. Mas depois vai de A a Z e passa meses atormentando a criatura com ataques de hipersensibilidade. Só após esse drama é que a coisa volta ao normal.

Eu ouvia aquilo e não ouvia. Porque estava era preocupada comigo: não sabia absolutamente como me aproximar daquela mulher, mas precisava! Urgente! Depois do debate, forcei o passo para ao menos descer junto com ela no elevador que ia assim de cheio. E foi ali mesmo que o meu tormento triplicou. Entro e fico ali, meio amassada no meio de uma pequenina multidão. Duas outras pessoas entram e quem estava lá se vê obrigado a se arrumar de novo, a se reposicionar. Acabo ficando ao lado da Vanessa e o braço dela de repente escapa e encosta como cetim em minha mão direita! O efeito para mim é de fio desencapado. Mil choques por segundo. O foco da minha vida, instantâneo, muda. É como se tudo girasse em torno daquele encontro. Como se aquele fosse o epicentro da Terra – lá onde se fabrica a fúria bela dos vulcões, os deslocamentos de montanhas... Lá onde nada é duro e tudo é quente. Quarto. Terceiro. Segundo. Primeiro. O pior é que acho que ela encosta de propósito... Plin. A porta se abre e aquela minimultidão escorre para fora do elevador. Na confusão, minha bolsa escapole e vai dar no piso frio. Os documentos espalhados, dois absorventes, a carteira, algumas moedas tilintando longe, a bolsinha com a escova de cabelo, a pasta, o batom, a escova de dentes... Vanessa é quem me socorre e abaixa fazendo um vê extenso e mole com o decote da blusa, deixando para mim, de presente, o desenho dos seios, o sutiã alvo, tipo bustiê, em destaque, a saboneteira, quase um pedaço da barriga. Engulo seco.

Digo obrigada e ela diz que não foi nada e pede licença um segundo porque o amigo a chama num canto. Eu continuo ali por mais uns instantes, agachada, ainda metendo meus trecos de novo na bolsa. Depois me levanto, respiro fundo. Checo minha pulsação e decido: melhor falar alguma coisa agora!

Vanessa está quase longe, conversando com duas ou três pessoas lá mais adiante. Caminho em direção a ela, enquanto penso no meu sangue percorrendo o labirinto do corpo em velocidade constante, o coração bombeando monotonamente até que, de repente, o músculo vacila, bobeia. Descompasso. Taquicardia telegrafando urgência. O líquido indo parar na popa do meu navio, carregando toda a gente: hemácias, hemoglobina, leucócitos, neutrófilos, linfócitos e micropresenças daquela Vanessa que agora passeia por dentro de mim. Estou de pé, mas não caminho: vou flutuando. Com o sangue ralo, devasso, quase faltando nas veias. Agora Vanessa vai para a lanchonete que fica bem ao lado do Centro de Convenções.

Entro na lanchonete também e chego bem perto, sem saber como dizer a primeira palavra.

– Tudo bom?

Eu disse aquilo e larguei um sorriso assim no colo dela. Depois, ainda ouvi a minha voz, apesar de distante:

– Se incomoda se eu sentar um pouco?

E ela disse:

– Por favor...

E saiu me perguntando qualquer coisa sobre a minha bolsa... Tentei reunir forças e parecer natural e disse que estava tudo certinho, que tirando um pouco de susto e vergonha, estava tudo certo sim. Depois fiquei um tempo em silêncio, pensando que tinha era perdido o rumo e simplesmente não sabia o que dizer! Tudo o que me restava era pendurar minhas incertezas na ponta de um cigarro. Pedi licença e acendi. Depois pensei em conversar sobre a palestra dela, mas achei que era óbvio e quase impessoal. Então preferi perguntar sobre o amigo dela, aquele do almoço:

– Ah, o Severo! Ele teve que acompanhar uma cirurgia hoje.... Apareceu de repente. O bip tocou, ele me abandonou. Está possesso, mas o que fazer, não é mesmo?

Fiquei feliz porque ela estava sozinha. Fiquei feliz por mais essa coincidência. E achei que talvez fosse possível dizer qualquer coisa que lhe chamasse a atenção, mas por um segundo me passou pela cabeça a possibilidade de eles serem namorados...

– Vocês são namorados, noivos...?

Ela deu aquele sorriso de brisa de praia, leve, cheiroso, e respondeu:

– Que é isso... achei... quer dizer.... você deve ter reparado com certeza que o Severo é gay...

– É. Ele dá mesmo todas as bandeiras do mundo... Mas... e você?

Fiz a pergunta e depois fiquei com medo. Ser direta assim poderia trazer vantagens ou sérios problemas. Mas a Vanessa não se abalou com nenhuma sílaba e foi firme na resposta:

– Se você adivinhar, ganha um beijo... na boca!

Não sei se isso acontece com as outras pessoas todo dia. Comigo era a primeira vez. E sou obrigada a dizer que é a coisa mais divertida que existe: levar uma cantada de uma mulher corajosa, em especial quando ela é um maremoto ambulante, mas tem ao mesmo tempo aquela fala doce, com sotaque de jangada em alto-mar, o sol lá no alto, o todo das águas, aquele negrume lindo de pele... Pena foi o garçom chegar perguntando se a gente não queria nada. Por pouco não me mato... Mas no embalo pedi logo um sanduíche. E depois encarei aquela Vanessa só para poder perguntar:

– E você, Vanessa? Não quer fazer seu pedido?

– Opa. Quero muito: estou com uma fome sem medida! Você vê para mim essa salada completa, mais meio pão sírio e um suco de acerola com laranja?

O garçom saiu de fininho, enquanto eu apagava o cigarro e continuava de olho naquela menina que seguia falando comigo:

– Essa história de pedido... diz a lenda que são três, não é? Só gastei um. Acho que tenho mais dois. Você não concorda comigo?

Ela falava e ia colocando pimenta nas palavras, criando aquele baita clima. Fiz que sim com a cabeça e completei:

– Claro que sim! E pode dizer os outros.... Estou ouvindo!

– O meu segundo pedido é fácil: quero saber um pouco da sua vida.

– Seu pedido é uma ordem; meu nome é Lizia, tenho 42 anos de boa vida, sou solteira, mas nem um pouco arrependida disso. Moro aqui mesmo, a uma quadra daqui, no segundo andar, num apartamento espaçoso, de três quartos, que tem uma vista linda.

Meu hobby é ler. Leio tudo o que me cai nas mãos. O que é bom e o que é ruim. Sou geriatra. Gosto do que faço. De um modo geral, me considero uma figura tranqüila, sossegada, mas que, às vezes, gosta de um pouco de ação...

E de novo o garçom aparecia, agora trazendo os pedidos:
— A rapidez e a eficiência da nossa casa. Bom apetite!

Depois seguiu-se um silêncio de umas duas garfadas e, de novo, ela ia na frente, me puxando a reboque, tentando me cercar só com o jogo das palavras:
— Bom, me resta ainda um pedido...
— Pode fazer. Manda bala!
— Preferia aguardar um pouco. Você não tem compromisso para hoje, tem?
— Não, não. Estou por conta. Ia talvez ler, repassar as anotações do que rolou no encontro, esse tipo de coisa.
— Então eu a convido a ficar mais tempo comigo! Estou hospedada num hotelzinho que fica também perto daqui. Talvez você não acredite, mas eu a achei interessante e...
— Como assim, "interessante"?

Ela engoliu primeiro, tomou um gole do suco e depois falou comigo enquanto ia limpando a boca com um guardanapo:
— Desde a hora do almoço. Eu a vi, reparei... Reparei que você reparava — risos. — Não sei direito explicar... me senti atraída...

Eu quase explodia por dentro, mas tentei me controlar e por isso dei uma última mordida no meu sanduíche, matei a vitamina e depois sorri para ela meio torto, ainda sem saber o que dizer. Mas ela estava firme e retomou o assunto:
— Você já acabou. Que bom! Acabo em mais alguns segundos e aí queria sugerir... a gente podia passear um pouco... Não conheço quase nada por aqui. Aí, quem sabe, tenho coragem de fazer o meu último pedido...

Eu corei. A simples presença daquela mulher me provocava uma espécie de fúria, um colapso dos nervos. Se ela me mostrasse de novo a indecência da blusa, se esbarrasse de novo a maciez do braço e dos pêlos em minha pele... Mas, meus céus! Ela parece que lê meus pensamentos. Levanta. E pede licença. Diz que vai ao banheiro. E no caminho, contorna a mesa e passa por mim. De propósito, deixa a calça justa roer meu braço, com força... Meu Deus! Preciso de um pote de sal debaixo da língua porque estou à deriva; sou um barco

trôpego preso no redemoinho dos cachos do cabelo daquela mulher... Não me agüento. Levanto e vou até o balcão. Preciso de um café forte, amargo. Aviso o garçom para trazer a conta. E quando acabo de falar, viro-me de frente e já a encontro, linda – o corpo escuro, a blusa leve e verde, as pétalas dos olhos dela, muito negros, brilhando para mim. E é ela quem diz:
– Vamos, então? Só falta acertar a conta...
– Já acertei. Não se preocupe. Só me diga onde você quer ir... Preciso pegar o carro na garagem.... Vamos?
Ela agradeceu a conta paga e se ofereceu para ir ao meu lado rindo, contando uns casos da viagem. Ela tinha vindo no avião ao lado de uma senhora que dormira muito e que roncava alto para burro... E quando dei conta a gente já estava na porta do prédio, na porta de casa.
– Vamos pela escada, Vanessa. São só dois andares até a garagem. A gente pega o carro.
– Nossa! Como está escuro aqui!
– Deve ter uma luz nalgum canto... está mesmo um breu danado... Pera aí. Vamos devagar. Me dê a sua mão. Assim. Vamos juntas. Bem devagar...
– Não. Pare um instante, por favor, Lizia. Acho que está na hora de eu fazer meu último pedido.
– Aqui, assim, no escuro.... Então diz.
– Um beijo! – ela disse, soprando em meu ouvido. Eu colei a minha boca na dela, sem pensar em mais nada. E dali, da boca, fui tateando o corpo dela, adivinhando as curvas com a mãos, todos os descaminhos... Ela estava decidida. Tinha pressa. Vinha com gestos certeiros. E entendia bastante daquilo. Eu tinha um medo sem fim – de que os vizinhos me vissem, logo a mim, a doutora! Ou que o zelador, seu Ernesto, chegasse bem agorinha, quando eu driblava um certo elástico, enquanto ela gemia baixinho. Mas aquele medo, engraçado, não me paralisava. Muito pelo contrário: me atirava para frente, para o calor daquilo que se sente só quando se está ali, no meio da escada, no meio do escuro, no meio da dádiva de achar um corpo que se entende com o seu sem meias palavras. É só vontade. Não é questão de envelhecer junto, de fazer carnê, de comprar apartamento em prestação. É só um momento.

Marta em março

Abril

Vi a Marta pela primeira vez em abril do ano passado. Foi bater os olhos nela e ficar com aquele engasgo na goela: Marta era uma coisa sem nome, sem forma, um animal que não se podia dizer, à primeira vista, se era fêmea ou macho. Tinha a cabeça raspada e um vinco dobrado assim como se fosse um vê feito de cada lado da boca, além de um *piercing* doendo na beira de uma das narinas – a esquerda, para ser mais exata. E esse conjunto dava a ela um aspecto agressivo, apenas suavizado pelos olhos pretos e muito miúdos que passavam a maior parte do tempo espremidos, como se ela fosse míope e estivesse se esforçando para ler qualquer palavra. O normal é ver a Marta de longe e ficar assustada com aquela figura quase alta e quase magra, que veste sempre uma calça de jeans claro, sempre uma camiseta branca sem nada escrito, um coturno e que, quando sente frio, se agasalha debaixo de um casaco de couro bem escuro.

Conheci a Marta no Mercado Mundo Mix, quando fui sentar um pouco no bar para poder beber em paz uma garrafinha de água com gás com um limão espremido. Eu estava sozinha. A Marta, não. Ela tinha como companhia um homem estilo antigo, meio hippie, que estava empenhadíssimo em cantá-la. Mas a Marta fingia que não era com ela aquilo e desviava a conversa e insistia em saber mais detalhes sobre a peça em que ele estava trabalhando. Fiquei ali um tempo fingindo que não estava escutando, mas absurdamente atenta a tudo que estivesse em torno dela, que tocasse nela, que fosse ela. Fiquei ali gastando o meu cigarro, fazendo rodinhas com a fumaça até que duas outras mulheres chegaram e cumprimentaram a Marta e o amigo e depois se viraram para o meu abrigo para me pedirem uma cadeira emprestada. Eu disse:

– Sim, claro!

Elas agradeceram e aí começou uma confusão tão grande naquela mesa da Marta, todo mundo falando ao mesmo tempo, que acabei dando um jeito de abreviar a minha sede e ir embora.

Maio

Quase uns quinze dias depois, já em maio, fui oficialmente apresentada à Marta. A noite estava que era um breu só e ainda por cima o frio havia chegado à cidade. Eu voltava da casa da minha irmã, já era tarde, e tremia parada num sinal numa esquina qualquer em cima da moto, com o capacete, a luva, o casaco pesado, tudo a que tinha direito. O farol ficou verde, rodei a mão no guidão e dei força ao motor que foi furando o silêncio da rua quase deserta naquela segunda-feira. De repente, uns duzentos metros à frente, vejo uma aglomeração. Desacelero. Paro. Desço da moto. Um jipe havia batido na traseira de um ônibus quase naquele instante. Um baita tumulto ia se formando, com gente surgindo do nada, brotando de janelas, de portas, de bares, de outros automóveis que iam passando. Perguntei para um senhor se alguém já havia ligado para a polícia, para a ambulância, mas ele me respondeu que não era preciso, que ninguém havia se machucado e que as pessoas estavam ali era se divertindo com a briga entre o motorista do coletivo e a moça do carro. O velho achava que a qualquer instante ia sair porrada... Fiquei curiosa e me aproximei da arena para ficar com o queixo assim de surpresa: a motorista do jipe era a Marta, em carne e osso, irada, possessa, quase entre tapas e socos com o cara do ônibus! Não havia estragos, nem mortos, nem feridos. Era só aquela coisa de estar puto da vida, assustado...

Pois não sei bem o que me deu, mas me enfiei bem no meio da cena e tentei segurar as pontas, porque o povo em volta estava era colocando cada vez mais lenha na fogueira. Abusei da diplomacia, falei um tempão, depois apelei, dei uns berros e até um chute na lataria do ônibus. Foram uns quinze minutos de encheção, até que chegamos a um acordo: ninguém ali tinha mesmo razão; os dois haviam agido errado e ponto final – estava acabado! A pequena multidão se dissipou, enquanto o ônibus arrancava em direção ao escuro. Olhei para a Marta, que conferia ainda o pára-lama do jipe. Mesmo de costas, dava para perceber que ela estava irritada. Fui até lá e perguntei se ela não queria beber ou comer qualquer coisa antes de seguir adiante. Ela me olhou meio desinteressada e depois disse que topava tomar um café ali por perto, que estava nervosa e que talvez fosse melhor dar um tempo. Eu sorri então, felizinha, e a gente atravessou a rua sem falar mais nada.

No boteco, ela pediu um café e um maço de cigarros. Eu pedi uma água com gás. Ela me explicou, então, que não bebia uma gota de álcool já fazia uns três anos, mas que mantinha dois vícios intactos: o cigarro e o café. Eu disse que bebia muito pouco, quase nada. Que um copo e meio de cerveja bastava para que me sentisse alterada e que não gostava de café e achava uma pena, mas não conseguia largar do cigarro, que até tentara, bem umas quatro vezes, em vão. E ela achou aquilo engraçado – eu não sei por quê – mas depois daquele ensaio de risada, tornou a fechar a cara e daí, de repente, disse que já era tarde. Depois deu uma pausa. Tomou o último gole da xícara dela enquanto eu acendia um cigarro e dava uma tragada forte, uma única vez, sem saber o que dizer para que ela não fosse embora assim tão rápido. Depois, continuei calada, rodando o cigarro na ponta dos dedos, na beira de um cinzeiro posto em cima do balcão daquele boteco na Rebouças e nem olhei quando ela se levantou, foi até o caixa e pagou. Só levantei os olhos do sujo do cinzeiro quando ela passou por trás de mim, me deu dois tapinhas maneiros nas costas e disse que estava agradecida pela força, pela ajuda, e que tudo estava pago. Então virei meu rosto para a porta do bar e disse "um abraço", enquanto ela sumia lá fora.

Junho

No meu trabalho o que mais faço é viagem, porque vendo uns badulaques de decoração para lojas e tenho clientes no litoral, no interior do estado e até em alguns pontos do Rio de Janeiro e de Curitiba. Vivo motorizada: ou de moto na cidade ou de carro nas estradas. Agora estou cansada, porque há três dias viajo sem parar quase nada. Mas hoje, dia 12 de junho, dia dos namorados, as lojas estão fechadas, não há para quem vender. Estou sozinha, na praia, em Ubatuba, bem desanimada. No quarto do hotel, a solidão parece insuportável e em vez de comer qualquer coisa por lá mesmo, decido descer para procurar um restaurante aberto. Preciso ver gente.

    Caminho um pouco a pé pela praia até cansar o corpo. Depois pego a rua principal e acho um lugar aberto. Peço o cardápio e escolho um prato. O garçom me diz que a porção é farta e que dá para dois comerem sem falta. Eu quase me irrito com aquilo. Dia dos namorados, prato para dois, aquele holofote aceso sobre a minha condição de solitária... Depois penso que ele não cutucou a minha ferida de propósito e que é um problema exclusivamente meu esse de estar cansada de andar sozinha para cima e para baixo, sem ninguém. Pergunto se ele pode me servir só meio prato e ele diz que não há problema algum e eu fico satisfeita sentada ali, vigiando apenas o mar que me deixa adivinhar seus movimentos só pelo ritmo dos ruídos que inventa. Depois, como até cansar. Peço a conta e saio. Lá fora, há um painel de cortiça com cartõezinhos de gente que conserta carro, pinta casas na orla, faz massagem, um curso de sexo tântrico e um cartazete maior e colorido que anuncia para o mês seguinte um evento: uma Feira de Piercing e Tatoo, em que a estrela é a Marta, que surge ali em uma foto, de camiseta sem manga, com dois ramos de flores subindo pelos seus braços, mais uns desenhos tribais e aquele olhar dela, de criança, espetado no meio daquela cara de má. Não resisto: arranco o cartaz, dobro-o e meto no bolso. No quarto do hotel, recorto a foto da Marta e guardo-a esticada numa página de um livro. Depois deito na cama, me cubro e coloco os braços cruzados atrás da cabeça, sobre o travesseiro, e prometo para mim mesma que no ano que vem, nesta mesma data, ela será minha e eu serei daquela Marta...

Julho

    Organizo a minha vida de modo a estar em Ubatuba no último dia da Feira de Piercing e Tatoo. É o melhor que consigo, em função de uma série de compromissos: só o domingo para vê-la! Isso me parece mesmo pouco, porque a Marta, sei lá como, foi virando em mim uma mania, uma obsessão. Sonho que a namoro, que a gente transa em tudo que é canto, e que passa horas falando e falando e falando... Depois, tenho um ataque realista e vejo as diferenças em preto e branco, enquanto abro aquele livro e vasculho com os olhos a foto dela: Marta é uma moderna que, pelo estilo do corpo, no mínimo já fez muito exercício e curte essa coisa de se cuidar e se mostrar. Eu sou uma coisa esquisita, atemporal, sem estilo, visto o que entra em minhas pernas, o que passa pelas coxas gordas e vem fechar-se aqui na cintura. Não ligo muito para nada. Gosto mesmo é de viver na preguiça, comendo salgados suspeitos, doces terríveis, tudo o que acho no caminho entre uma viagem e outra. Além disso, nem sei dizer com certeza se a Marta sai com mulheres... Então estou aqui em Ubatuba talvez só para fazer papel de besta, mas essa é uma das poucas vantagens de se viver no ímpar, sem ninguém por perto. Você pode pisar fundo na bola, no tomate, em cacos de vidro, sem ter que dividir a sua vergonha com os outros. Estou aqui, com o óleo de peroba em punho!

 Chego quase às três da tarde no hotel. O mesmo quarto de sempre. Subo, ajeito as minhas coisas, tomo um banho e caço meu rumo: à feira! Ando uns quinze minutos e já estou lá, decidida a fazer uma tatuagem simplesinha assim nalgum canto, um desenho leve, que depois não cause nenhum espanto a mim mesma quando eu estiver na praia, trepando ou no banho. A feira, àquela hora, não tem mais do que uns gatos pingados, mas também gostaria de saber de quem havia sido aquela idéia de gênio de ter um evento daquele bem no meio do inverno ali na praia... Deixa para lá! O que me interessa é o estande dela, que é o maior e o mais cheio, com duas pessoas na fila e uma outra lá dentro, parece que fazendo um piercing. Puxo assunto com o assistente dela, o Biela, que mesmo parado feito um poste é daqueles que dá pinta de que é uma bicha muito louca. Ele saca também qual é a minha e vira meu comparsa, instantâneo. Começo, então, a pedir uns conselhos, me mostrando amiga, mas lá de dentro sai uma menininha linda, com um furo novo no lábio e ele tem que ir ver do que a Marta precisa e se perde lá dentro um pouquinho e depois sai esbaforido, para dizer que o próximo pode entrar, que ela já o atende. E agora, só com um carinha na minha frente, há espaço de sobra para gente se entrosar. Saio logo perguntando se a Marta está namorando, se é casada, e o que rola. A bicha, esperta, diz que ela está sozinha, mas que de homem quer distância e está a fim de namorar, mas é uma figura estranha, muito fechada, muito caladona, que eles trabalham juntos há mais de ano e mesmo assim a Marta não é de falar. Mudo o rumo da prosa e começo a pedir detalhes do serviço, de quanto ela cobra, e ele me mostra um álbum com desenhos e preços e me explica o método dela, os cuidados com a pele... Mas aí de novo a cena: um cliente sai, outro entra. O Biela acompanha o movimento, depois me pede licença; diz que tem que dar um pulo ali no banheiro "com urgência", e sai apressado. Fico ali no aguardo, sentada, folheando aquele álbum de corpos estranhos, tatuados em todos os poros: na bunda, nas pernas, perto do sovaco, na cara, na cabeça... Perco a noção do tempo. De repente, o moço sai lá de dentro e nada do Biela aparecer. Fico sem saber se me anuncio e entro ou se espero mais um tempinho. Mas o Biela retorna. Pede desculpas. Vai lá para dentro. Sai num segundo e diz para mim, malicioso:

— É chegada a hora, meu bem.

Entro numa tenda clara onde há uma maca, duas cadeiras e uma estante com um monte de aparelhos e caixas. A Marta está sentada cuidando de uns trecos perto dessa estante e quase não me olha. Fica só na escuta do que o Biela fala, enquanto mantém a cabeça baixa. Só depois que ele passa para ela o álbum e diz que a escolha já foi feita é que ela larga o que estava fazendo lá com suas ferramentas e me olha.

— Opa, de onde te conheço? — ela pergunta, desabotoando um largo sorriso.

— Da batida do carro... Lembra?

Ela mexe assim a cabeça, mostrando gratidão em cada músculo do rosto:

— Ah, claro! Pô, senta aí. Grande figura! Me deu uma força... E que coincidência, não?

— Pois é, coincidência... — eu disse mais sem graça do que nunca, temendo ser pega assim de cara dura no meio daquela grande mentira.

— E o que você vai querer?

Apontei com alívio para a figurinha do álbum, uma minúscula roda com umas ramagens infiltradas, e depois expliquei que a queria num cantinho do braço, meio escondido.

— Sabe como é que é: a primeira que faço. Vai que não gosto...
Ela riu mostrando os dentes para mim, simpática, e depois me falou bem didaticamente sobre o significado daquilo, daquele desenho, sobre a história da tatuagem, sobre o preconceito que há em torno e eu fiquei ali ouvindo, assustada, me achando uma felizarda porque o Biela havia me avisado que ela tinha uma tranca natural na boca, que ela não falava quase nada e eu estava ali, deitada na maca, com aquela mulher me preparando, se preparando, para uma coisa íntima, a sós, e ela falava e falava e falava. Até que chegou perto com aquela agulha elétrica, aquela coisa estranha e eu senti uma dor sem tamanho e fechei os olhos e fiquei sentindo o cheiro dela, da profissão dela, do suor dela, e aquilo foi me excitando, me deixando doida... Quando a tortura terminou, me despedi e ela de novo deu aquele tapinha leve em minhas costas e eu fui para o hotel e tomei outro banho e me masturbei pensando naquela mulher e tocando de leve, de vez em quando, a região tatuada, como se aquilo ali fosse um símbolo de uma intimidade compartilhada. E só fiquei mesmo de bode porque tinha feito a mancada de aparecer só no último dia da feira. E agora, mais uma vez, Marta ia sumir, ficar longe... Só que desta feita ela tinha deixado uma pista: seu cartão, com o endereço e o telefone do ateliê em São Paulo.

Agosto

Mês do cachorro louco! Eu estava cansada daquela história em câmera lenta, daquela lengalenga que eu vinha inventando em torno da Marta, rainha das tatuagens e do piercing. Por isso fiquei contente quando numa noite, numa boate, apareceu a Viviane, que queria ficar comigo. Dei nela uns beijos e senti alívio, porque aquela minha novela platônica com a Marta, aquela tara, já me parecia doença. Fiquei contente porque passei uma semana me divertindo com a presença da Viviane até que, sem mais nem menos, encontrei o Biela!
Ele era primo de um primo da Viviane, parente distante, uma coisa assim. Estava na casa dela num domingo, e rolava uma festinha sem pretexto algum. O Biela estava meio louco, cheirado, sei lá. Estava fazendo papel de bobo, de chato, provocando todo

mundo, arrumando confusão. Fiquei na minha, tomei uma distância e fiquei só imaginado como ia terminar aquilo. Quando já ia sair de fininho para a cozinha, descolar uma caixa de fósforos para acender um cigarro, o Biela, transtornado sei lá por que cargas d'água, cismou de pegar no meu pé e veio me falar que a Marta estava de caso com uma menina que havia saído dali logo antes da minha chegada... Racionalmente, não tinha nada a ver comigo. Mas quando ouvi aquilo, me senti desarmada, sem pulso, sem fôlego. Queria tomar chá de sumiço, picar minha mula em cubinhos e bater em retirada. Pedi desculpas para Vivi, inventei uma história qualquer, me despedi rapidinho e fui para casa. Deitei na cama, no escuro, e fiquei ali chorando a traição de uma mulher com quem nunca tivera nada!

Passei os últimos dias de agosto dando dribles na Viviane. Coitada! E, ao mesmo tempo, me sentia uma estúpida, afinal de contas, fazia tanto tempo que estava atrás de uma namorada e agora que a Vivi me dava aquela bola toda eu desistia, partia para outra, para uma furada! Só eu mesmo! Estava dentro de uma cilada que eu tinha inventado por conta própria, sem o auxílio de ninguém. Agora precisava – sozinha também – pular fora daquela roubada! Mas como? Tratei de organizar na minha cabeça os próximos passos. Ação número um: ligar para ela. Prazo de execução: 72 horas.

Setembro

Vasculhei minha estante atrás do livro onde havia guardado a foto e o cartãozinho da Marta. Achei – e fiquei parada um tempo com aquelas coisas na mão, pensando na vida. Pelas minhas contas, aquela história com a Marta já durava seis meses! Incrível! Seis meses e eu ali, absolutamente na mesma! Continuava com os sonhos, com os delírios e de vez em quando me pegava conversando com alguém com os dedos passeando assim de levinho por sobre a tatuagem. Quando percebia o que estava fazendo, ria um pouquinho, só para mim, porque a tatuagem era um pouco dela comigo, em mim, e aquilo me deixava contente, de algum jeito. Só que já era mais do que hora de acabar com aquilo...

No dia primeiro de setembro findava o prazo que eu mesma

havia instituído: 72 horas. Eu estava sentada na sala com o telefone sem fio posto assim meio de lado em cima da mesa. E tamborilava nervosa no tampo de madeira, e coçava o queixo, a nuca, a ponta do nariz. Até que saquei do bolso da jaqueta o cartão do estúdio dela, criei uma coragem definitiva e liguei. Fiquei quase sem ar ouvindo o tom de chamada e depois tive que lidar com a decepção quando me dei conta de que quem atendia era uma secretária eletrônica... Daí vieram minutos de dúvida: não sabia se deixava recado ou não, mas quando ouvi o bip estridente esgotar meu tempo de considerações, disse o que vinha assim de mais espontâneo, sem treino algum:

– Oi, Marta, aqui quem está falando é a Maristela. Eu estou ligando... estou ligando... eu nem sei se você está lembrada... eu sou aquela figura lá da batida do ônibus e que depois fez um tatoo com você em Ubatuba, na feira...

O som de um estalo. Ela desliga a secretária e me atende, pedindo desculpas porque tinha, justo naquele instante, acabado de atender um cara, estava se despedindo, ouvira minha voz, dera uma dispensada mais rápida e tinha vindo atender.

– Está tudo bem com você? – ela disparou para cima de mim, que estava ainda naquele clima de só deixar um recado...

– Claro, claro, tudo em riba. E você?

– Eu vou levando, numa boa. Mas o que é que você manda? Algum problema com o tatoo?

– Não, não, ele é só sucesso! Eu é que ando encanada com umas coisas e estava ligando para ver se a gente marcava de conversar um pouco. Quem sabe tomar uma água de coco ali perto do Ibirapuera, dar uma caminhada um dia desses... O que você acha?

– Olha, eu ia adorar, Maristela, palavra! Só que pintou uma chance única de ir fazer uns trabalhos na Holanda. Acredita? Estou entusiasmada: embarco até o final da semana! Você pode imaginar a correria que estão sendo esses últimos dias... Peço todo o perdão do mundo. Estou super a fim de bater papo sim, mas só vai dar para ser no mês que vem. Eu volto no dia 6 de outubro. Tudo bem?

– Nossa, fico superfeliz... que demais! Mas é óbvio que eu estava com muita vontade de encontrá-la. Me sinto meio dividida. Não sei se dá para você entender....

– Ah, claro que dá. Entendo sim. Mas, olhe, vamos combinar assim: me dê seu número. Você tem o meu. Eu volto no dia 6, como

falei. No dia 7, dia 8, você me liga ou eu ligo para você. E aí a gente se encontra, com certeza! Está bom?
 – Tudo bem. Fica certo assim. E, ó, valeu: você merece! Vai lá e mostra para esses gringos que a gente aqui entende dessas coisas. Boa sorte, Marta. Parabéns. Um beijo.
 Logo depois que desliguei o telefone, fiquei sem saber se chorava ou se dava risada! A recepção dela havia sido muitas vezes melhor do que eu podia imaginar, mas, por outro lado, havia aquela lacuna insuperável: no meio do caminho havia uma Holanda; havia uma Holanda no meio do caminho! O remédio era esperar. Afundar no trabalho. E foi o que fiz.

Outubro

Agora, no dia 5 de outubro, eu ligava, para deixar uma mensagem na secretária:
 – Oi, Marta, aqui quem fala é a Maristela. Se por um acaso você puxar o recado daí de onde quer que você esteja, lembre-se que, se precisar de ajuda – que eu busque você no aeroporto, por exemplo –, é só dizer, é só ligar. Não me incomoda em nada. Por outro lado, se você só ouvir a mensagem quando já estiver em casa, tome então este bilhete eletrônico só como um sonoro boas-vindas. Um abraço, Maristela.
 Deixei lá a mensagem e fiquei esperando. Cancelei todas as viagens da semana. Não fiz mais nada. Até que, numa quinta-feira, dia 8 de outubro, enquanto eu tomava banho, o telefone tocou. Saí enrolada na toalha, encharcando o corredor até a sala. Lá peguei o aparelho sem fio e vim fazendo o caminho de volta enquanto escutava aquela delícia de voz da Marta... Me tranquei de novo no banheiro, sentei no vaso e escutei o que ela falava:
 – Oi, tudo bom, Maristela? Sou eu, a Marta.
 – Que demais! Você já chegou! Como é que foram as coisas?
 – Ouvi sua mensagem logo que cheguei, na terça-feira, mas estava tão cansada... não deu para ligar antes. Queria agradecer a gentileza. Você é sempre assim: parece uma escoteira, uma bandeirante. Primeiro me ajudou com o lance da batida, agora se oferece

para o incômodo de ir até o aeroporto... Vai ver que passa as manhãs todas parada na Paulista com a Brigadeiro só para ajudar os velhinhos a atravessarem a pista!

– Ah, Marta, deixa disso, deixa disso... E conta como foi a viagem!

– Pois é sobre isso mesmo que eu estou ligando. Queria convidá-la para vir aqui em casa, hoje à noite. Você topa?

– É só me dizer direitinho onde e quando. Você quer que eu leve alguma coisa?

– Não, fica no sossego. Eu fiz compras e tenho a dispensa lotada. Anote aí meu endereço!

Anotei e me entusiasmei tanto que cheguei a pensar em tomar um calmante que me ajudasse a vencer o buraco da tarde. Mas depois inventei de comprar uma roupa nova, de cortar o cabelo, de lustrar um sapato velho... quase chego atrasada à casa da Marta! Mas estava lá, quinze minutos depois do combinado, com uma garrafa de Perrier gelada numa mão e um vasinho com um cacto plantado entre pedrinhas brancas na outra. Respirei fundo e bati a campainha!

Surpresa desagradável: um cara abriu a porta e eu vi que a sala estava para lá de lotada! Fiquei passada, perdida: tinha entendido que o convite era particular, nominal e intransferível. Mas na verdade aquela era uma festa para metade de São Paulo e eu me senti ridícula com aquele vasinho cafona e aquela brincadeira da água mineral tratada como champanhe... Desfiz o caminho. Pedi desculpas para o rapaz da porta dizendo que estava procurando outra casa, que tinha o endereço errado. Dei meia-volta e fui derreter meu choro no travesseiro.

Naquela noite, jurei para mim mesma que agora bastava e que aquele era, de uma vez por todas, o derradeiro capítulo daquela história. E quando a Marta ligou, uns dias depois, deixando um recado na caixa postal do meu celular, reclamando a minha ausência na festa, estremeci um tanto assim nas bases da minha decisão, mas não arredei o pé da minha intransigência: aquele caso estava arquivado, morto e enterrado. Só me interessava agora encontrar um bom cirurgião que passasse o laser naquela merda de desenho horroroso e consumisse com os rastros da tatuagem que vivia em mim cheia de significados e lembranças.

Novembro

Eu nunca havia ouvido falar da Marta antes de tê-la encontrado por acaso. E depois que a gente se esbarrara no Mix, na rua e que eu havia mesmo ficado interessada, algumas pistas tinham surgido aqui e ali, mas ainda podiam ser definidas como casos raros. Só que agora, quando havia desistido dela, é que a coisa pegava. Para onde eu olhava, lá estava ela: o nome dela, a foto dela, seus trabalhos... Ligava a TV e havia um especial sobre os mestres do tatoo em São Paulo. No rádio, ela dava entrevistas sobre a questão da higiene do piercing. No jornal, um baita anúncio de um curso que ela programava para ser dado daí a uns dias e que seria uma espécie de *workshop* montado sobre o estágio que ela havia feito na Holanda. Eu estava de saco cheio de ouvi-la e vê-la e sentir a presença dela, mesmo quando a convidava a ficar bem longe dos meus pensamentos. E foi justo aí, quando estava até aqui dela e da minha incapacidade de mantê-la na ausência, que resolvi almoçar no Alcaparra, para minha completa desgraça.

Fui andando pelo corredor até virar no ambiente central, onde ficam os pratos. Olhei assim de qualquer jeito, localizei uma mesa vazia, coloquei meus trecos por lá na cadeira e fui me servir. Entrei na fila para, devagarinho, ir enchendo meu prato. Depois sentei no meu canto, pedi um suco de qualquer coisa e comecei a comer. Minha tranqüilidade durou pouco. De repente, alguém surge à minha frente, me pede desculpas e pergunta se eu não me incomodo de dividir a mesa. Eu mal escuto – o restaurante àquela hora está cheio e o barulho da avenida Pompéia também atrapalha bastante –, por isso levanto a cabeça para melhor entender o que se passa e vejo: lá está ela, a Marta, me pedindo um espaço para sentar, segurando um prato cheio de sopa nas mãos e com aqueles olhos de menina doce presos no rosto! Eu quase engasgo! Mas tenho que ser ágil e digo que é claro que não há problema algum e ela senta e a gente começa a bater papo.

Ela conta detalhes da viagem à Holanda, que pelo jeito foi mesmo um grande barato. Eu falo sobre o mercado em que atuo, sobre as coisas que vendo. Ela pede para dar uma olhada. Eu saco um mostruário da minha pasta e ela deixa claro, apesar de ser muito educada, que aquele estilo não tem nada a ver com ela. Eu não discuto. Pelo contrário: aviso que vendo o que tem comprador, que pouco me importa se aquilo é bonito ou feio. Mas ela discorda. Acha que ajo errado, que devia investir em coisas em que acreditasse. Eu retruco que aquilo é um discurso bonito mas muito vago, e que as pessoas fazem o que podem para garantir a vida. Ela fica em silêncio um segundo e depois se levanta para se servir de salada. Eu continuo na mesa e, com raiva do caminho que a gente trilhava, vou morder um pedaço de lasanha e acabo acertando a ponta da minha própria língua. Diacho! Parece que nunca me acerto mesmo com essa menina...

Quando a Marta volta, estou praticamente de partida e, numa estratégia de camicaze, ensandecida, digo à queima-roupa:

— Sabe, Marta, eu já vou indo, mas antes queria lhe falar uma coisa, uma bobagem minha... É que eu estou — ou estava — muito a fim de você. Não sei se tinha dado para perceber. Mas agora você me parece tão distante...

Disse aquilo e fui levantando porque fiquei arrependida. Era uma declaração tola, feita de modo errado, no lugar errado, na hora errada... Aquilo definitivamente tinha sido um erro, obra da minha impaciência, da minha ignorância, do meu medo. Mas agora a caca estava feita. Era esquecer aquilo, continuar de pé, ter forças para andar até o caixa, dar uma distância e, depois, rezar para não cruzar mais com ela e me livrar das lembranças do papel ridículo que eu representara ali.

Será que eu tinha alguma chance?

Dezembro

Acho que acabei conseguindo deixar a Marta num cantinho meio esquecido dentro de mim. Talvez tenha sido a força do vexame lá no Alcaparra... Não sei. Mas quando levanto e vago pela sala depois de uma noite muito mal dormida, encontro debaixo da porta a correspondência: um extrato do banco, um anúncio de disque-pizza e uma carta num envelope branco com o timbre do Tatoo Studio. Morta de curiosidade, rasgo a ponta de um dos lados do envelope e saco de lá de dentro um papel bonito com uma letrinha miúda feita de garranchos controlados. Era da Marta:

"Maristela, escrevo porque estou incomodada! Desde que eu a vi pela primeira vez – e não foi lá no dia da batida, mas um pouco antes, num Mercado Mundo Mix (acho que você nem reparou em mim...)...
Cara, eu não acreditava naquilo! Ela também tinha me sacado no Mundo Mix...
"... que alguma coisa bateu. Não sei se já deu para você perceber, mas eu sou um bicho muito tímido. Por isso, posso dar às vezes a impressão de que estou fugindo. É só impressão... Por favor, apareça. Dê notícias! Aquele clima do almoço no Alcaparra está difícil de ser digerido... Eu aguardo! Grandes beijos, Marta."

Era mesmo difícil de acreditar... Eu lia e relia sem pressa, exaustivamente. Cheguei a decorar o conteúdo: "Maristela, eu escrevo porque estou incomodada!" Eu devia estar sonhando! Com certeza! E não havia por perto viva alma para me beliscar e me fazer voltar do delírio. Fui até a cozinha, abri a geladeira e me servi um copo de leite puro, geladinho. Fiquei sentada na banqueta olhando para o copo vazio, sem acreditar na existência da carta, do leite, da cozinha, de nada. Depois me recuperei. Respirei fundo e pensei no que fazer. Ficou assim decidido: eu iria procurá-la sim, mas não hoje, nem amanhã. Ia dar um tempo. De novo, 72 horas, nem um segundo a menos. Depois ia ligar e convidá-la para um jantar na minha casa, deixando bem claro que aquilo seria um encontro de apenas duas pessoas... Bom, tinha que também perguntar o que ela comia ou não. Nem queria pensar no vexame de preparar algum coisa que ela odiasse. Nem pensar! Depois ia encher a casa de velas de todos os tamanhos. Ia servir um suco de maracujá, um afrodisíaco e tanto, e deixar o Tom Waits rolar solto no ar, aquele som torto e ao mesmo tempo romântico. Talvez fosse preciso sair para comprar alguma coisa nova.

Foram 72 horas muito difíceis; custaram a passar. Acabei ligando para o ateliê dela numa manhã de uma segunda-feira. Ela atendeu:

– Oi, Maristela. Que bom que você ligou! Recebeu minha carta?

– Recebi sim, Marta. E achei um amor. Foi mesmo muita consideração sua. E é por isso que eu estou ligando. Queria lhe convidar... argh... desculpa o pigarro... rã... queria lhe convidar para um jantar aqui, na minha casa, ainda essa semana. Só nós duas. A gente pode conversar um pouco... O que você acha?

— Eu gosto muito da idéia, mas tenho de novo um probleminha infame: viajo no final de semana para passar o Natal com a minha família no interior do Paraná. Volto só para o reveillon. Acho que essa semana não vai dar. Mas eu aceito qualquer outra sugestão de data. Por exemplo, você já sabe o que vai fazer na noite de ano novo?

— Veja só como são os desencontros, eles gostam de atuar no atacado. Pois agora é a minha vez! Já combinei com uma turma de velhos amigos que mal vejo há anos. A gente vai em bando passar o reveillon em Buenos Aires. Nós alugamos um apartamento por lá, são altos planos, difícil desmarcar...

— Então vamos ser práticas: não parece que vai ser possível a gente se encontrar ainda este ano, não é?

— Hum-hum.

— Que tal então a gente comemorar juntas o dia 6 de janeiro, a folia de reis?

— É legal, bacana. Gostei. Mas como é que a gente faz? Por que do jeito que são nossas agendas, acho melhor a gente fechar os detalhes já!

— Eu devo estar em Ubatuba, de novo, porque o negócio fica bom lá com o verão brabo. Você não topa descer para a gente se encontrar na praia?

— Claro, sem dúvida. Mas onde você vai estar?

— Todo ano alugo a mesma casa. É um lugar grande, e como o dia 6 não cai num final de semana, acho que temos uma chance razoável de ficarmos sozinhas lá. Pegue papel e caneta que você já anota o endereço e as dicas de como chegar.

Janeiro

Ano novo e eu ali, sozinha, mais uma vez. À meia-noite, quando o mundo todo comemorava a virada, chorei forte, para valer. Cumprimentei a turma de amigos, pedi licença e fui para o quarto. E chorei e chorei e chorei só pensando numa coisa: na Marta – onde ela estava, o que fazia, no que pensava, se estava rindo ou se também chorava... Buenos Aires acabou ficando para mim com aquele gosto de tango atravessado na garganta. Um bode! Mas depois os dias se passaram depressa: dois, três, no dia quatro eu já estava no Brasil. Cinco e seis – e eu a caminho de Ubatuba, descendo a serra, devorando as curvas na estrada quase vazia de tão cedo que era. Ainda aquele resto de neblina vindo só para me deixar mais confusa, e o toca-fitas bem alto, as músicas do Djavan... Agora vejo o mar chegando, entro numa estradinha de terra, areia. Paro o carro. É a rua certa, mas talvez seja cedo demais. Não, já são mais de nove horas. Acho que posso bater.

A casa é um sobradinho geminado bem sem graça, sem nada de especial. E daqui de baixo apenas desconfio que do segundo andar talvez se tenha uma vista fantástica da praia, do mar. Desço do carro e me aproximo do portão. Opa! O coração me segue aos pulos... Sei lá... Como é que fui me apaixonar por essa figura que nem conheço? Acho que é culpa dos desencontros: acabaram temperando mais e melhor tudo. Mas talvez agora, finalmente, a gente sente, converse, talvez transe (tomara!) e assim, quem sabe, pode até ser que as cores acabem ficando murchas, opacas, sem gosto...

Nossa, não tem campainha... Melhor gritar:

— Marta! Ô, Marta!

Dou um tempo. Olho para o céu. Lá na frente, distante, pequeninos pontos circulam num balé bonito. Três urubus lá longe... E de novo:

— Marta! Ô, Marta!

A porta se abre. Eu dou dois passos, mas... não é a Marta quem vem me receber! É uma senhora.

— Bom dia – eu digo. – Estou procurando a Marta...

— Ah, você deve ser a Maristela! Eu sei...

— Isso mesmo. A Maristela. Sou eu. A Marta está?

— Olhe, é o seguinte: a Marta teve um problema sério lá em Londrina. Parece que foi coisa de acidente, ou com o irmão mais novo ou com um sobrinho. Sei só que ela teve que sair assim às pressas, viu? Mas, espera aí um segundo...

Fiquei esperando e só repetindo bem alto dentro de mim:

— Merda! Merda! Merda! Merda!

Mesmo quando a senhora voltou, esticando um pedaço de papel dobradinho e meio amassado, não parei de repetir cá dentro:

— Merda! Merda! Merda!

Peguei o papelzinho de pão e não abri. Preferi primeiro me despedir daquela mulher. Depois, ela fechou a porta e eu busquei lá longe, outra vez, o círculo de urubus dançantes. Lá estavam eles! Rindo de mim, satisfeitos. Entrei no carro e abri o bilhete:

"Todas as desculpas do mundo, minha cara! Você não sabe como estou ligada nessa de encontrar você... Mas estou com uma barra pesada na casa da minha mãe. Vou voando! Meu irmão capotou na estrada voltando do reveillon. O negócio está feio. De novo, desculpas. E beijos!"

Fiquei chateada. Não: fiquei furiosa! E não era com a Marta. Era comigo, com a vida, com Deus, com o diabo, com os urubus lá no alto, com o sol, com o calor, com a viagem, com tudo aquilo que conspirava contra mim, contra nós! Voltei para São Paulo e amarrei logo assim, no começo de ano, uma semana de um mau humor histórico. Isso lá era hora de irmão mais novo se estrepar? E não podia nem me deixar um telefone essa Marta? Não podia me ligar?

Fevereiro

Viajei fevereiro inteiro. Vendi muito e, com dinheiro no bolso, saí, ri, dancei, fiquei na praia uns dias, me queimei, emagreci dois quilos e depois fui passar o carnaval longe, no mato, com uns amigos. Depois voltei e aí o ano finalmente começou. Estava me sentindo de novo muito só, e era domingo, quase onze da manhã, e o interfone toca e a voz do porteiro diz para mim que tem alguém subindo, mas é impossível entender qualquer coisa com aquele chiado horrível. Abro a porta sem ter certeza de quem vou encontrar e... Marta. Maiúsculas: MARTA. Exclamação: MARTA! – é *isso* que encontro.

Ela entra e quando passa os móveis se afastam um instante: a presença dela movimenta o sofá, a mesa de centro, o tapete, o cinzeiro, os quadros, tudo que há! Tudo gira, pula, experimenta a leveza de conviver com o sorriso da Marta, com os gestos dela... Ela pede desculpas pelo fracasso do dia dos reis. Eu digo que não foi nada. Que ela teve mesmo um motivo gigantesco. Ela traz um presente. Me dá. Só agora percebo que a porta ainda está aberta, que eu estou imóvel. Então dou dois passos. Fecho a porta e agradeço. Rasgo o papel: é uma motocicleta em miniatura, bem parecida com a minha... Acho aquilo lindo, porque prova que ela, de um jeito ou de outro, prestou uma atenção total nos meus passos, no que faço, no que sou. E deixo isso bem claro – que foi demais, que adorei, aquelas coisas... E ela, muito covarde, aproveita um segundo em que estou com os olhos presos no brinquedo posto sobre a mesa e chega perto, bem perto, e me morde os lábios e me envolve.

Depois ela se afasta meio palmo e tira a camiseta branca de um jeito suave, como eu nunca havia visto antes, só para me mostrar aquele corpo, os seios cobertos por flores estranhas, escuras, brotando de todos os cantos. E ela pergunta macio, já quase dentro do meu ouvido:

— Você já devorou um jardim? — e junto com a fala dela, vejo e sinto um tanto assim de bolhinhas de sabão navegando em meu corpo. As bolhinhas estourando na minha cara, com a leveza delas... E aquela delicadeza contrastando com o rosto da Marta, com o corpo dela, que tem sempre aquela disposição meio máscula, quase pronta para guerra... Volto à pergunta: você já devorou um jardim?

— Não, mas estou completamente disponível! E a gente podia fazer assim: começar por aqui. Depois posso lhe morder assim e assim e ir então arrancando os pedaços desse canteiro seu, bem assim. Pescoço, ombro, começo do braço... — e ela está ali, sem mover um músculo. Ela não se afasta, mas também não me abraça. Campo neutro. Prossigo. TKR. Positivo! — Veja só: são flores especiais! Orquídeas raras. Vasos para exposição. E é assim que as trato: com cuidado, com a língua, com os dentes, com calma... — E ela não resiste! E me passa os braços em torno do meu pescoço e mexe desse jeito leve o corpo todo enquanto continuo firme na fala — Sou jardineira desde criança, sabia? E porque você não vem cá comigo, na estufa do meu quarto? — Ela me dá um beijo. Margaridas e minirrosas estão lá no céu da boca... — É aqui, ó, nessa cama, que planto as mais belas espécies...

As pétalas, a terra, o caule, um pouco de água, de adubo, carinho em doses altas e já fabrico, junto com ela, dálias, crisântemos, tulipas, begônias, e algumas espécies raras de folhagens. Talvez, para quem esteja de fora, pareça estranho: as flores têm aquela cor meio nada, meio tudo, que a gente vê nas peles tatuadas, mas eu não me espanto. Passo a achar natural rodar com o ronco da minha moto pelas costas dessa mulher só para regar as flores que ali encontro.

E assim vou viver devagarinho, experimentando a Marta mês a mês, em conta-gotas. Agora só me interessa saber como será esta minha Marta em março...

A viúva

Quando o Beto chegou, não disse palavra. Apenas encostou os olhos na chuvarada que estava ali molhando a janela. E sem me ver, nem nada, abriu a boca e me disse suas verdades de médico. Eram verdades inteiras, intactas, feito uma fruta bonita que o tempo havia esculpido e colorido com gosto. Verdades perfeitas. E talvez mesmo pela perfeição delas não havia emoção – nem minha, nem dele. Havia só o fato. Exposto como uma chaga de mendigo: ela estava morta. Eu era uma viúva. Finito.

Quando conheci Teresa, era maio e parecia que maio ia durar para sempre. O céu se exibia azul por todo canto, sem falsa modéstia. O que vi primeiro nela foram os olhos, uns olhos que viviam sorrindo, miúdos, quietinhos, mas sempre sorrindo para todo mundo. Mesmo quando ela estava cheia de tristeza, os olhos vinham traí-la: sorriam sem pudor, sem hora marcada. Agora não sei ao certo o que dizer ao Beto, o que fazer. Minha flor de seda vai dar cria. Minhas plantas são poucas, mas estão bonitas. Os vasos verdes aqui e ali em nossa sala parecem não desconfiar de nada, mas a verdade é uma só: Teresa está morta. É morta.

Achei sempre, a minha vida inteira, que quando a perdesse eu me descabelaria. Ia dar escândalo, vexame, perder as estribeiras. Ou talvez ficar sem falar um ano. Acho mesmo que tenho todos esses direitos, mas não sinto nada. Estou murcha, vazia, vaga, oca. Não sinto tristeza, nem alegria. Tento só reconstruir na minha cabeça a nossa história de amor tão particular. Mas sei que isso não passa de um engodo. As histórias de amor são sempre histórias de amor. E mesmo quando os sexos coincidem – em todos os sentidos –, ainda assim não passa mesmo de mais uma dentre todas as tolas histórias de amor. Só que isso é tudo o que tenho. Aliás, preciso mesmo inventariar as coisas. O que será que uma viúva faz? Engraçado: devia haver um livro, um manual, um guia: O zeloso cerimonial da viuvez. Olho para o Beto. Nada. Ele continua ali, feito um adesivo, colado, siderado na chuva que continua a cair com força. Duvido que ele possa me ajudar agora. Na minha vida, Teresa costumava ser tudo. Quando eu não sabia nada de alguma coisa e ela menos ainda, uma mágica se dava. E dos dois desconhecimentos somados, a gente encontrava caminhos. Não sei se isso era uma especialidade nossa ou se é um dom divino que ocorre sempre aos amantes em harmonia. Mas era assim que a gente vivia. E agora que não sei o que fazer, a única coisa que me ocorre é conversar com Teresa. Ah, essa maldita cumplicidade vai me custar caro agora... Além do mais, minha mãe é uma figura distante, presa com alguns sorrisos em umas poucas fotos em preto e branco coladas naquele velho álbum. Não posso contar com ela para muita coisa, menos ainda para uma viuvez da minha categoria. O que tenho mesmo são uns poucos amigos. Bichas legais, que espero que saibam mais do que eu sobre esse assunto mórbido. Mesmo porque uma viuvez homossexual carrega ainda a sua carga de diferença. E tem a família dela, que nunca me engoliu direito, apesar dos doze anos de vida em comum.

À essa altura a mãe dela está lá vestindo a minha mulher. Talvez colocando nela um tailleur da irmã, convencional e frio, nada parecido com a Teresa que amei. As roupas dela estão todas aqui. Ninguém veio procurar. Com que roupa eu a enterraria? Com que roupa ela gostaria de ser enterrada? De repente, me dá uma vontade louca de estar lá. De banhar aquele corpo que tanto amei, que amo ainda. Pele branca, seios pesados... O que sentiria? A pele está fria, azulada? Melhor não. Melhor ficar por aqui fingindo indiferença. Eu me desconheço. Vai que faço alguma coisa estranha, cometo uns dez pecados de uma vez, no atacado. E depois morro de culpa. Não. Vou ficar aqui mais um pouco, vasculhando meu cérebro, meu coração, passando a limpo os parágrafos cheios de interrogação que formam a minha vida agora, a partir de agora, quando Teresa cometeu a súbita indelicadeza de me deixar para trás. Nem me convidou, a ingrata...

Você já se deu conta de que ninguém espera que um marido vá vestir a esposa morta? Mas, pelo pouco que entendo do assunto, há um certa obrigação, mesmo que velada, de que a esposa faça esse ritual de despedida quando o seu marido é o morto. E eu, que não sei se sou esposa ou esposo, ou que fui na maioria das vezes as duas coisas? O que faço? Mantenho distância. Ou posso ser atropelada pelo caminhão pesado que é a família dela, cheia de preconceitos de classe média baixa.

Vou deixar essa conversa fiada de lado. Vou dar um grande abraço no Beto. Vou fechar os olhos e tentar roubar dele um pouco do calor e do cheiro que eram tão característicos e bons na Teresa. Não vai dar certo, eu sei, não precisa dizer. Mas você sabe por acaso o que devo ou posso fazer? Ah, você quer que eu me vista de cores escuras, de preto talvez, e que vá assim desfilar minha angústia no velório, noite adentro, engolindo suspiros, engolindo choro. Mas isso acho que não dou conta de fazer não.

Vou até a varanda. Abro a porta de vidro com cuidado. Encosto-me no parapeito e deixo a água cair em mim. De olhos fechados, aproveito a força das águas e choro. Por longos doze anos eu vivi um grande amor. Não. Não é isso. Talvez o amor não fosse tão grande assim. Mas o perdi. É irremediável. E amores, afinal de contas, não são coisas mensuráveis. Não há balança, fita métrica, nada assim que valha. Era tudo em mim. E eu o perdi. E com a perda, esse viés imenso, o amor cresce. O amor fica muito maior ainda. Faz multiplicar o que sinto, porque agora Teresa atinge a perfeição absoluta, me abandonando. Nunca mais vou magoá-la ou ser magoada por ela. Sem remendos, sem consertos, mas também sem novas brigas, novos desentendimentos. A morte traz consigo o amor perfeito. E aumenta as coisas. Se bem que os doze longos anos agora já não me parecem tão longos assim. Tudo é tão breve! Como uns segundos gigantes que separam o exato instante em que se esbarra no mimo da vovó, que descansa em sua majestade de porcelana sobre a mesa escura que fica naquele canto da sala, e o momento seguinte: o desastre no chão, distribuído de mil maneiras... Então refaço as contas: foram doze anos de um amor que foi muito bom, bonito e sincero em todos os zilhões de sentidos. Sofri muito por ele, abrindo mão de uma vida socialmente aceitável, rompendo com o mundo em alguns aspectos, me fechando num gueto em alguns momentos, formando um casulo de concreto em outros. E agora nem ouso pensar em viver sem ela. Afinal de contas, que culpa tenho se alguém escreveu um dia que Teresa ia me amar para depois morrer aos 37? Choro aqui na chuva sim, mas é por justiça, viu?

Vou tomar um banho, Beto. Talvez demore um pouco. Talvez passe uns meses debaixo do aconchego do chuveiro, a água quente a lamber minha ferida. Mas, por favor, me espere. Tome um uísque, um copo de leite, coma qualquer coisa. Fique aí reconstruindo minha vida por mim, enquanto eu me afogo no banho. Me espere. Depois de tudo, talvez comece a arrumar o mundo da Teresa, o quarto, o armário. Sabe, a Teresa não era exatamente organizada. E, como já disse, não sei muito como proceder agora. Seria de esperar que certas coisas se resolvessem sozinhas – você não acha? Jamais imaginei que ia ser assim comigo. Quer dizer, pensava na morte sim. Pensava que um dia eu ou a Teresa iríamos falhar. Mas não parecia que ia ser assim tão perto. Era para morrer de velhice, as duas deitadas na cama, entrelaçadas, mãos dadas, morrendo como anjos, à noite, dormindo, com a janela aberta, debaixo de uma baita lua cheia. Por que não podia ser assim como num sonho? Quem ousou proibir? Agora tenho que abrir as portas pesadas desse guarda-roupa. E mergulhar em Teresa, nas delicadezas dela. Vou fuçando nas coisas... Sinto-me uma "dedetizadora de Teresas que amo", tentando pensar em como me livrar dela. Ou melhor: como deixar dela em mim só os traços bons, os dias de bom humor. Eliminar o mau hálito, as queixas, as brigas, o fel. Sou uma dedetizadora incompetente – ao menos por enquanto.

Calcinhas, meias, sutiãs. Um incenso indiano perdido entre as peças de roupa. Caixinha de Ob. Uma foto minha, moça nova ainda, tocando violão numa festa qualquer... Uma carta do pai dela. Será que é pecado usar o Ob da morta que amo? Ou guardo como lembrança? Definitivamente não sei o que fazer. A Nícia e a Lu, o único casal lésbico amigo nosso, se ofereceram para ajudar amanhã. Recusei com força. Primeiro, elas não têm *know-how*. Estão vivíssimas. Jamais foram viúvas! Nem o gato delas pensou um dia em morrer e deixá-las para trás... Elas não sabem o que sente uma viúva. E, depois, são intimidades. Posso até ter surpresas, não sei. De repente posso descobrir uma Teresa diferente escondida nas profundezas do armário. Descobrir outras asperezas nela. E tem mais: elas querem vir ajudar amanhã. Só amanhã. E o que faço aqui e agora, quando tenho doze anos de vida em comum para enterrar? Eu digo que tenho pressa. Não posso mesmo colocar um véu negro e me postar à cabeceira do caixão. A família dela me mataria. Como veio matando a mim e à Teresa durante esses anos todos. Apunhalando um pouquinho todo dia, com jeitinho, com educação. Eu tenho pressa. Porque tenho que devorar o cadáver da Teresa enquanto está ainda quente. Devorar o que resta dela por aqui. Consumir o cheiro, o gosto, tudo que há dela em mim.

Olho minhas mãos presas à tarefa. Como eram bonitas as mãos dela! Os dedos longos, beliscados de metais, de anéis por todos os dedos. E o modo como ela gesticulava, leve, vagando no ar, entre palavras. Como aquilo me deixava louca – o gesto mais simples, mas que depois abria picadas na mata densa para sussurros e beijos, delícias. Acho que fui feliz. Demais da conta! Ela é uma mulher e tanto. Não vai deixar de ser.

O Beto entra no quarto. Levo um susto danado. Estava me perdendo de novo no corpo da Teresa, me deixando levar. Beto lança uma âncora. Aporta. Me pega e me traz de novo à realidade. Ligaram. Era o irmão dela. Amanhã à tarde eles passam aqui junto com o advogado.

Amanhã, de novo, é maio. Finito.

Na chuva

Toda quinta-feira, lá pelas cinco e meia, passo naquela loja grande que vende apenas produtos para animais de estimação. Ali compro ração, remédios e alguns mimos para a minha pequena tropa: dois cachorros – a Patsy e o Capitão Kirk –, mais os passarinhos, o coelho Quincas e o casal de peixinhos dourados. Mas nessa quinta-feira estava cansada e o ar se exibia diferente, comprimido contra a terra, quente, sem ventos que o tocassem para canto algum. Estacionei o carro numa vaga quase em frente à porta da loja e perdi uns segundos deixando a vista percorrer o chumbo triste das nuvens que estavam prestes a desistir de carregar aquele peso. "Não demora muito a chover... e aí o trânsito vai ficar uma merda! É melhor eu entrar agora mesmo!" Entrei e me pus a circular. Acabei parando um pouco na seção de chinchilas, já sonhando com o dia em que compraria um casal e faria daquilo uma coisa produtiva. Mas quando me aproximei para tocar aqueles pêlos, contando mentalmente os lucros futuros do meu agrobusiness, ouvi uma voz que veio esquartejar meus pensamentos:

– Não consigo entender como alguém tem coragem de matar um bichinho desses para fazer uma roupa! Você entende?

Não. Eu não entendia mais nada: a chuva a qualquer hora ia castigar a cidade; eu estava exausta; os meus bichos me esperavam em casa e agora aquela mulher vinha me dirigir a palavra ali, diante das duas gaiolas que exibiam, cada uma, um par de chinchilas! Achei que fosse provocação divina, algum tipo de teste para a minha paciência e fui virando o rosto calma e nocivamente, aprumando o ataque; afinal de contas, eu só queria entrar ali toda quinta-feira e fazer minhas comprinhas.

Mas quando bati os olhos sobre aquela mulher grisalha, muito magra, alta e hirta, que vestia calça jeans escura e reta, além de uma camisa branca que tinha mais de um botão aberto e ficava assim decotada; quando a íris se alargou, só para colocar em primeiro plano meu espanto; quando vi o cabelo dela puxado para trás e que ia desaguar longe nas costas depois de uma presilha bem alta, formando um rabo de cavalo claro... quando me dei conta de que a dona daquela voz era também a sócia-proprietária de boa parte dos meus sonhos, foi impossível resistir! Tratei de mudar minhas bélicas vontades mais do que depressa só para dizer:

– É, você tem razão. Eles são tão doces...

E ainda tive tempo de vê-la me servir um sorriso qualquer para depois seguir adiante, sem dar muita trela para o meu comentário *standard* demais, inócuo. Um vexame! Merda: quando tinha a chance de conhecer alguém interessante eu me saía com aquela bobagem! E se quisesse consertar a situação agora, seria preciso acordar daquele transe, imediatamente, para sair apressada pelos corredores da loja... Pois foi o que fiz, só para ter, enfim, a sensação de que era tarde demais e que ali nascia o fim das minhas esperanças. Mas aí, de novo, um certo calor no peito, de sangue fluindo, de gente enlouquecendo, de desfile de escola de samba dentro de mim: ela estava na fila, já ia pagar suas compras... Eu, muito aflita, driblei dúzias de homens, mulheres e crianças até estar a um palmo de distância dela, só para então descobrir que não tinha nada a dizer, nada a fazer e que, por isso, era preciso deixá-la ir embora sem tentar nada de estranho. Desistir... Postei-me num canto da porta e fingi por um tempo que estava ali muito à toa, hipnotizada pelas gotas da chuva que começava a cair forte. Mas quando ela passou por mim e balançou o seu perfume em minha direção, e aquele odor se misturou ao gosto da chuva varrendo o fim do dia, o começo da noite, juro que tentei manter a calma para não dar bandeira, para não dar na cara que ela era sim o meu idílio.

Continuei ali por mais um tanto de tempo, mesmo depois de ela ter entrado em seu carro para dar ré na minha loucura e se meter já lá longe e desaparecer além da curva. Depois caminhei também em direção ao volante, para poder ir chorar em casa a minha covardia estúpida.

E foi pensando assim que me coloquei atrás de um carro e de outro e mais um. E segui apenas o volume do tráfego até que, uns quinze minutos depois, já quase chegando em casa, notei à esquerda, numa rua de pouco movimento, o mesmo Gol cinza da mulher da loja estacionado com o pisca-alerta ligado. Dei seta e parei. Desliguei o carro, os faróis. Encarei a chuva, que caía pesada e fazia um barulho dos diabos espancando a lataria do Uno. Tomei um fôlego mais caprichado e abri a porta para dar uma corrida até a janela da motorista do Gol, para para saber o que se passava. Cheguei e dei com os nós dos dedos no vidro, que se abaixou. O rosto daquela mulher de uns cinqüenta anos de idade exibia um vigor nas rugas, no contorno da boca, nos olhos, em toda parte, que me encantou e assustou – porque parecia capaz de me meter em gigantescas enrascadas, só com o poder que tinha quando fazia assim ou assado com as sobrancelhas, como fez naquela exata hora, enquanto gentilmente agradecia a minha preocupação e relatava que o pneu dianteiro direito estava furado e que ela entendia quase nada daquilo; que estava apenas sentada ali, esperando uma mensagem do acaso que a tirasse daquela noite complicada. Eu ri então – e quase engoli um litro de água, ali debaixo da chuva. E aquela besteira – de novo – de quase morrer afogada com a chuva me fez passar a mão por sobre todo o rosto, num gesto inútil, e decidi então que o melhor a fazer era agir depressa e por isso me ofereci para trocar o pneu do carro dela. Ela agradeceu e desceu e veio se molhar comigo, abrindo o porta-malas e me mostrando o cantinho do macaco e da chave de roda. E eu agora já via a camisa branca dela ir colando na barriga, nos peitos, nos braços e já podia ver o umbigo muito claramente desenhado e podia até ficar aflita porque aquela senhora tinha um corpo muito bonito e o esforço de fazer aquilo e o inusitado... tudo mexia comigo.

– Pronto! Está pronto: tudo acabado.

Eu disse isso e insisti em tentar salvar meu rosto da força das águas, de novo com o gesto inútil de desviar o córrego que escorria em minha cara, enquanto ela me olhava fixo e depois me convidava para dar um pulo a sua casa, que ficava ali perto e coisa e tal, e que esse era o único jeito que ela encontrava de agradecer meu pronto atendimento. Fingi por uns segundos que resistia à idéia e depois inventei como desculpa fazer uma espécie de escolta que garantiria à minha mais nova musa segurança até sua casa.... Ela aceitou e nós ficamos combinadas: eu a seguiria.

Mas já dentro do meu carro bateu uma dúvida. Aquilo podia ser uma cilada, uma arapuca. "Pô, acabo de conhecer a mulher... aquele mar de coincidências... numa cidade feito São Paulo, onde os golpes são tão bem armados..." Eu a segui por mais uns três quarteirões, talvez quatro. Tive assim tempo mais do que suficiente para ter dentro de mim a dúvida ampliada. Por isso, quando ela virou para um lado, tomei a direção oposta e achei que era melhor mesmo. E pronto: estava acabado!

Em casa, os bichos, seus ruídos... eu estava mesmo cansada! O melhor era tomar um banho, ver um pouco de TV e depois cair na cama. Mas o fato é que dormi com aquilo: com aquele corpo enfeitiçado e molhado fazendo caretas de amor para mim, inventando coisas obscenas, me falando palavrões ao pé do ouvido, quase num suspiro, sem decência alguma... E quando eu reclamava, dentro do sonho, ela me dizia para não amolar, ou aquilo tudo ia virar pesadelo, que eu era covarde, e que mais valia a palavra dela, que era a palavra da experiência... Ela insistia e fazia um rebolado estranho, como se fosse a dança do ventre, e voava sobre o meu rosto enquanto andava de mãos dadas comigo na rua e ria e depois chorava e eu perguntava porque ela estava chorando e ela repetia milhares de vezes com sua voz rouca e mansa: "De felicidade, de felicidade." Acordei assim de tesão. Suada. Acesa.

Mas durante o dia fui trabalhando para esquecer bichos, casacos, chinchilas, chuva, aquela mulher esquisita, a minha tara... Até que tocou o telefone: era o Duarte me convidando para uma vernissage que aconteceria naquela mesma noite, de uma artista plástica muito amiga do Sérgio, namorado do Duarte. Pois ouvi aquilo e, sei lá por que, aceitei, mesmo tendo sempre achado simplesmente um saco essa história de "artista plástico", "produtor de vídeo", "de moda", "designer de jóias"...

De todo modo, às nove em ponto eu estava com a minha melhor roupa já parando o carro num estacionamento na esquina logo depois da Galeria Centauro. Fui caminhando e botando reparo no escuro indefinido do céu daquela noite até me dar conta, mais uma vez, de que a qualquer momento outro temporal haveria de desabar sobre a cidade. Mas daí vi o Duarte e o Sérgio, que vieram me cumprimentar, e esqueci aquele projeto de chuva que se armava enquanto eu ia sendo arrastada para dentro, para o meio daquele bolo de gente. Deixei que me levassem porque não entendia coisa alguma de arte e não queria que a minha ignorância ficasse estampada em minha cara. Lá dentro catei rápido uma taça de vinho branco para fazer companhia à minha mão, aos meus lábios, e tratei de sorrir e olhar as peças de cerâmica que estavam divididas em duas salas, uma só com as utilitárias e a outra com as coisas mais loucas que eu já tinha visto.

Achei, de um modo ou de outro, tudo muito belo. E depois o Sérgio estava inspirado naquela noite, e não houve um minuto sequer em que eu não ouvisse bem claro o som da minha própria gargalhada. Aquele programa que me parecera entediante a princípio agora ia ficando gostoso. Estava pensando nisso quando o Duarte me cochichou no ouvido que a tal da artista plástica era aquela ali, toda de verde e de cabelos grisalhos, que conversava com um grupo de modernos, de costas para o nosso trio. Ele disse que ela era um arraso, entendida, meio pirada, um barato! E que o Sérgio a havia conhecido num curso de gravura que ela ministrara quase cinco anos antes, mas que ela agora havia descoberto a leveza do barro e estava encantada com isso e esse era o motivo daquela exposição tão festejada, que representava uma guinada na carreira dela, que se chamava Berta, tinha 54 anos, morava sozinha num sítio que era um escândalo e que agora se virava só para me deixar ver que... ela era minha senhora prateada da noite anterior! E se aproximava agora, depois de haver reconhecido o Sérgio e o Duarte.

Dor. Toda vez que eu vi assim de perto um sonho se materializar doeu fundo, como se de repente desse um estalo aqui dentro, como se estivessem partindo naquele momento os ossos que sustentam o pulmão, o peito. Aconteceu quando eu era adolescente e a Janete me deu aquele beijo. E quando o cara lá daquele emprego perto do Ceagesp me falou da promoção que ia salvar a minha carreira. Aconteceu algumas vezes na minha vida e acontecia de novo agora, quando a Berta chegou perto, me esticou a mão direita e deu um aperto leve, enquanto encostava a maçã do rosto em minha pele e distribuía dois beijos, um para cada lado da minha aflição. Os meninos ficaram sem entender muita coisa, perguntaram se a gente se conhecia e, quando eu ia responder com detalhes, Berta me interrompeu para dizer que sim, que nós éramos, na verdade, velhas amigas e que a nossa relação era uma coisa cármica, dármica, que vinha de um longo e desvairado amor de vidas passadas... Eu achei graça daquilo, mas engoli com força a vontade do riso e fiquei meio corada, porque o tesão já estava subindo e subindo, como se fosse o gole de uma poderosa bebida que toma de assalto o corpo todo, e fiquei com vergonha do modo simples, primitivo, como a minha emoção se pronunciava.

Mas a Berta não me deu tempo de ficar sem jeito e foi logo nos dizendo que era um absurdo que a gente estivesse bebendo vinho, porque nós éramos convidados muito especiais e que devíamos estar brindando com champanhe. Disse isso e saiu rindo, me puxando pela mão e virando o rosto para trás, para os meninos, pedindo licença e desculpas por estar me roubando, mas que o garçom viria dentro de segundos trazer uma garrafa do melhor que havia... Depois se aproximou perigosamente do meu ouvido e sussurrou que havia uma escada logo ali no fundo e que ela gostaria muito que eu desse uma subida e a aguardasse lá. Completou dizendo que talvez demorasse um pouquinho, mas que eu não desistisse, porque ela queria muito ficar em sossego comigo uns minutos e que eu, afinal de contas, lhe devia aquilo, porque fugira ontem... Fiz que sim com a cabeça, obediente e assustada ao mesmo tempo, e ela, sem receio algum, no meio daquele bando de gente, me deu um beijo nos lábios. Saí quase correndo em direção à escada enquanto tentava organizar minimamente a baderna instaurada no campo dos meus pensamentos: o que estava me acontecendo?

Lá em cima havia um escritório meio bagunçado. Mais adiante, uma enorme porta de vidro e depois uma varanda, pequena mas cheia de plantas, além de uma cadeira de balanço feita sob medida para um casal de namorados. O vidro estava todo gotejado. A chuva caía forte, de novo, como na noite anterior. Sentei num divã de couro que dava de frente para o palco da tempestade e fiquei ali terminando o meu copo de vinho e tentando não pensar em nada até que dei com os olhos no relógio para perceber que já estava lá por uns bons quinze minutos, e que talvez aquilo tudo não passasse de uma brincadeira à toa e pensei que ela nunca subiria nem nada. Mas bem no meio desse ataque de dúvidas ela surgiu barulhenta na escada. Virei meu rosto. Ela parou. Depois me disse rindo que tinha sofrido muito sozinha com o bolo que havia levado na noite anterior e que aquilo era inadmissível... Em seguida, sem que eu tivesse tempo de dizer nada, simplesmente desabotoou o vestido e veio com ele assim preso apenas em seus ombros em minha direção, como se fosse artista de cinema, a Rita Hayworth, a Michelle Pfeifer, a Brigitte Bardot... Fui desfazendo, um a um, os botões da minha resistência, enquanto uma nuvem de risinhos ia se formando ao nosso redor – tesão, sexo, carinho!

Ficamos lá até o fim da chuva, provocando particulares tempestades, enchentes, raios e trovões. Depois veio um sossego doce, uma calma de alma lavada, de ar novo, e a gente resolveu então ir se abraçar no frio da noite, na varanda. O céu estava uma coisa de louco, abarrotado de estrelas feitas sob encomenda para nós duas. Estrelas que caminhavam para cá, para esse canto do mundo, só para ver a gente se derretendo uma para a outra... O céu abria espaço no escuro do seu manto, deixando atravessar aquela luz que forma as estrelas e tratando de achar também um canto para o espetáculo da lua, que vinha molhar os paralelepípedos da rua onde ficavam os fundos da Galeria, onde eu fiquei absurdamente presa àqueles beijos. O céu, que ainda ontem havia inventado a chuva, até aquela curva, o pneu vazio, a ajuda, o rosto dela molhado, a mistura do suor, o efeito do cansaço, e que viera de novo fazer ninho para aquele encontro naquela noite de vernissage, de inauguração, de início.

Ficamos lá por um tempo, até que a Berta suspirou em meu ouvido que era preciso descer um pouco, ver como estavam as coisas. Ela me pediu para esperar lá em cima, que a qualquer momento ela voltaria. Eu disse que por mim estava tudo bom daquele jeito e ela me salpicou mais uns beijos pelo rosto, se afastou e sumiu dentro do banheiro para sair de lá minutos depois toda arrumada de novo e me mandar, de longe, mais um beijo, dessa vez embrulhado num sorriso e tanto. Eu fiquei só, deitei-me no divã e tentei pensar melhor no que estava acontecendo, enquanto vigiava o esforço contente das plantas bebendo da luz da lua que seguia cheia, firme, lá do topo do mundo. Acabei adormecendo.

Acordei no outro dia sem saber onde estava. Acordei assustada com o sol batucando nervoso em minha cara e com aquela mulher deitada em meus braços. Não me lembrava de muita coisa... Ah, sim: ela era a Berta, a mulher do meu sonho, da loja de ração, da exposição, amiga do Sérgio. Eu estava no segundo andar da galeria Centauro, pós-tudo – vernissage, um pouco de vinho, chuva e sexo. Eu estava abraçada a uma mulher madura, dezenove anos mais velha que eu, apenas dois anos mais nova que minha mãe. Ela tinha me deixado sozinha e descido para ver como ia tudo. Acho que acabei pegando feio no sono, porque definitivamente não guardava lembrança do retorno dela. Hum, me lembrava agora também que era sábado e, graças a Deus, não havia trabalho, mas de todo modo eu estava com uma fome dos diabos e sem saber bem o que fazer...

Mas a Berta capta a minha aflição e já move as pálpebras para me mostrar em *close-up* o brilho do seu olho muito escuro, muito preto, muito perto. Me diz "oi", de um jeito extramacio e eu me arrepio, com a singeleza torturante de tudo que está me acontecendo. Ela me beija então e diz que eu tenho um hálito de cereja, mesmo depois de uma noitada daquelas. Rio da delicadeza dela, que já se levanta e vai caminhando em direção ao banheiro. Dentro de mim balança uma pergunta que acabo juntando forças para ter a cara-de-pau de fazer:

– Berta – limpo a garganta –, preciso fazer uma pergunta que pode parecer boba...

– Siga em frente! Pergunte.

– É que eu tive uma vida sempre, eu acho, bem careta, sabe? Por isso, tudo o que aconteceu com a gente, os últimos dois dias, parece meio perdido na minha cabeça. Então eu queria saber, sei lá, se nós duas... quer dizer... se isso foi só uma noitada sua ou se... de repente, se não é o começo de um... namoro, se é que posso dizer assim...

Disse o que disse e fiquei esperando uma bomba explodir na minha cara, mas a Berta retornou dois passos, grudou em meu corpo outro beijo e depois me encarou sólida e disse que sim, que se dependesse dela a gente estaria agora ali começando uma história de amor das muito bonitas. E eu quis apenas abraçar aquela mulher que vinha molhar meu pomar, minhas frutas, minhas rosas. Acho que a beijei de todas as maneiras possíveis e depois jurei para mim, para os meus ossos, para os fios do meu cabelo, que faria todo o possível para ver a gente feliz. E me deitei no divã abraçada de novo a ela e olhei o dia lá fora, as plantas, o céu, o sol, as nuvens, e ouvi o vento assobiando baixinho pelas gretas da porta de vidro.

Prima minha

Letícia, a lagartixa. O sol na minha cara. Espremo os olhos. Encurto o feixe de luz, mas não dá certo. Quase nada vejo. Só me resta colar a mão sobre a linha da sobrancelha, fazendo uma calha para que os olhos se abram e despenquem então bem longe do mar. Tudo para apenas melhor revelar Letícia, a lagartixa, que quase dorme debruçada na areia ao meu lado, lado esquerdo. Um nó nas artérias, nas vértebras. Letícia, linda prima minha, quase irmã, tão menina quanto eu, uns meses mais nova, não mais. E o tesão me roendo as unhas, me arrancando as beiras dos dedos. Meu coração.

Letícia arde. Pipoca na minha mão. Letícia nem sabe a quantas anda a minha aflição. E quando ela fala, aborta em mim a linha do pensamento, a pipa lá longe, entre as nuvens, o firmamento. A linha se rompe. O papagaio bebe do mar. Letícia geme. Eu não entendo. Desperto e peço que repita, pita, ita, tá. Ela me atende. Diz que queria morrer ali, cozida no sol, comigo do lado. E que ela tem certeza de que eu então a carregaria para dentro d'água. E que mergulharia a morte dela no sal. E que depois viria toda a família levá-la até o caixão. E ela seria enterrada de biquíni, queimada de sol, bonita, bonita e bonita. Disse também que isso não era sonho. Era uma idéia que ela tinha sempre. Sempre voltava. E que era uma idéia que lhe trazia conforto. De algum modo. Pois eu entendi. Mas resolvi fazer de conta que não entendia. Ela retrucou:

– Não faz mal...

Mas fazia mal para mim sim. Porque eu queria muito, muito mesmo carregar aquela prima até as algas, as ondas, os peixes, as conchas, para gente virar sereia, na mesma hora, no mesmo lugar. Grudadas uma na outra como o tubarão e a rêmora, como a árvore e a bromélia. Mas eu não falei nada em alto e bom som. Deixei apenas que as palavras circulassem no espaço que há entre as minhas orelhas. Deixei para lá. E me virei, tirando a bunda da areia e empinando-a rumo ao sol. A areia áspera. A falta que a canga me faz. Eu e meus esquecimentos! Fecho os olhos. Lambo a brisa. A maresia melando a cobertura das pupilas. Que horas serão agora?

Letícia me cutuca. Arranco meu rosto da areia e assim, meio à milanesa, tento mostrar a ela que presto atenção enquanto a miro com um olho só, pirata que sou. E ela, já sentada, vem, mais uma vez, me cutucar, em tom de confissão:

— Mi, tem uma coisa me incomodando...

— Hum...

— É que eu ando sentindo umas coisas, pensando umas coisas...

Meu pensamento ganha linha. Navega em parafusos, atropelos, desbaratina. O tom de voz dela, lindo começo! Continue, prima minha, mãe e rainha dos meus desejos, confesse o que você vem sentindo, confesse rápido, que eu lhe cubro de beijos, lhe faço uma capa, feito a do Batman, só de beijos costurados!

— Lê, entre a gente não tem segredo. Fala logo!

— Quem você tem vontade de namorar, de pegar nos braços, de tascar uns beijos?

— Bom, eu tenho vontade de acabar com a raça do Brad Bitt, do Maurício lá da escola, do Leonardo Di Caprio, do gato novo da novela das sete e...

Fiquei ali nocauteada pela minha própria covardia, sem saber como continuar a falar aquilo que queimava a minha língua... A Letícia insistiu:

— E o quê? Fala, Mi, fala!

Mas eu não achava como e acabei desistindo, já com um tanto assim de raiva de mim mesma:

— Não é nada não. Deixa para lá... Conta você!

— Então tá. E... bom, eu... eu queria era falar para você... é que é tipo assim... eu... eu... às vezes... penso também nas meninas... Você acha muito errado?

Ela disse aquilo e depois ficou ali me olhando. Eu não sabia se ria, se chorava ou se pulava sobre ela e a sufocava com uma tonelada e meia de beijos e abraços. Tentei manter a calma, enquanto ouvia todos os barulhos da praia – o som das ondas, gritos esparramados, criança brincando, o moço que vende camarão no palito, de novo o som das ondas e o batuque histérico do medo e da adrenalina. Um espaço para ser sincera:

– Lê, eu tenho que confessar uma coisa... Já que você falou... eu também penso às vezes assim numa menina... Não é qualquer uma. Eu penso muito mesmo é em você!

O helicóptero da polícia, da marinha, sei lá de quem, vem dar rasantes na orla. Vem me vigiar. Eu e meus pensamentos indecentes, incandescentes. Fecho o olho. O único que estava aberto. Não quero nem de longe ver o rosto dela. Quero fingir que nunca disse nada disso. Quero me afundar na areia. Morrer ali mesmo. Ignorar que eu existo e que tive coragem de falar aquela asneira. Quero...

– Mi, já são quase três horas. Melhor a gente ir embora. Eu tô alucinada de fome. Vamos?

Fiz que sim desfilando o cabelo para lá e para cá na areia. Me levantei. Juntei o chinelo, a cadeira, o chapéu. Fui tola mesmo. Estraguei tudo. Agora não tem conserto. Perco a prima e a amiga. E não ganho nada em troca. Sou burra. Uma mula, uma jumenta! Não me agüento. Vou explodir em segundos. Anta, louca, coisa besta. Ela segue um passo à frente. Jamais vai de novo andar ao meu lado, me matando de dar risadas. Vai distante, não me quer. O que eu faço agora da vida? Logo comigo, que não tenho a menor tendência suicida. O que faço?

Não sei quanto tempo demora até chegarmos à casa alugada. Eu não ouço, não sinto, não enxergo nada. O dia foi lindo até aquela bobagem... Acordamos cedo. Eu fiz pão na chapa em dose dupla. Ela fez laranjada. Eu contei para ela o caso do Chico, que tinha escorregado e ficado sem as calças diante de toda a moçada na quarta-feira, um dia antes de ela chegar. Depois a gente foi junto para a praia. Jogamos vôlei com um pessoal que era dez, mas que ia embora ainda hoje, no final da tarde. Deixaram a praia cedo. Ficamos só nós duas. Sós, de novo. Eu estou preparada para a qualquer momento dar o bote sobre aquela lagartixa que é tudo em meus tormentos. Uma prima-mulher-desejo, uma coisa, um desterro. Mas agora eu simplesmente não sei como consertar as coisas. Fita durex, araldite, a cola gosmenta de fazer aviões em kits. E ninguém, ninguém a quem possa pedir um conselho...

Na varanda, meu pai e minha mãe discutiam o que era melhor fazer da tarde. Quando a gente chegou, tinham concluído: iam até uma outra cidade comprar umas coisas, ver se achavam isso ou aquilo. Perguntaram se queríamos ir juntos. Respondi que não, injuriada. E apressei o passo indo até os fundos tomar banho. Eu, as gotas e o sol me batendo na cara. Não ouvi o que a Letícia e eles conversaram. Quando deixei o chuveiro mudo, estanque, podia ainda sentir que eles estavam, os três, do outro lado da casa. Um calafrio. Será que ela me dedurava? Grande coisa! Grande estrago! Minha vida caindo aos pedaços...

    Entrei para cozinha. Roubei rápida duas salsichas da lata. Um pão francês cortado ao meio. Picles, maionese, copo de guaraná e um bife, que eu achei escondido dentro de uma panela esquecida sobre o fogão. Meu coração vencido pelo estômago. Me sento à mesa. Como. Balanço os nacos de pão e toda aquela mistura com enormes goles de guaraná com muito gelo. Meu cabelo escorre ainda. Molha às vezes minha refeição. Mas eu não ligo. Levanto os olhos. A janela grande tem uma moldura de madeira escura e está coberta por uma enorme tela verde, antimoscas, pernilongos, coisas assim. A janela... ela entra em quadro. De onde estou vejo tudo. De lá, ela só vê o escuro. Daqui vejo as gotas lamberem o maiô e sorrateiramente entrarem por todos os vãos. Espuma de sabão. Os dedos. Aflição. Engasgo com um pedaço de carne. Onde estou agora? Flutuo. Misturo tudo. Cenoura, pepino, falta de ar, água que escorre, céu azul, miolo de pão... A lagartixa sorri em minha direção. Eu rezo uma ave-maria expressa. Mas ela insiste. Sabe que eu existo dentro daquela escuridão. Passa a mão com malícia. Me tenta. Me excita. Minha Letícia....

    Eu me recolho, dentro do confuso, faço força e respiro fundo. Não dá lá muito certo. E acabo achando melhor ter um ataque de falta de ar, ter dor de cabeça, lombriga, coceira e, me sentindo mal, tenho espaço para me levantar e ir para cama, para um cantinho sossegado, um ninho onde deitar, para dar um tempo, arranjar mais ar para abastecer os pensamentos. Acabo dormindo. A tarde inteira. Deve haver alguma substância dentro das moléculas de todo corpo que é acionada em instantes como este, de tesãofrustraçãoesperançamúltiplamedo. Uma coisa como aqueles comprimidos fatais e instantâneos que os espiões carregam dentro da tampa da caneta ou no oco do anel... Pois esta composição química é que me zonzou a tarde toda, umas três horas cheias, para que eu não morresse diante do inimigo: eu mesma, e tudo o que penso e sinto. Quando acordei, minha mãe me sacudia com jeito. Pois eu arrebento o lacre da pálpebra e dou de cara com o rosto aflito da minha mãe. A testa enrugada assim, desse jeito. Meio grogue, respondo que estou legal, que é só o efeito de muito sol, certo cansaço. Que acordei cedo, não parei um segundo e coisa e tal. Minha mãe finge que acredita e resolve me entupir de líquidos. Tudo bem, dona Sílvia, eu bebo isso e aquilo. Fique no sossego, que eu estou legal. Mas cadê a Letícia? Foi ver a Betinha e o Jonas na casa da tia Deise. Mas disse que volta já. Ok. Eu espero. Não. Melhor não. Vou evitá-la. Vergonha. Taquicardia. É o que eu quero: sair! Levanto já. Boto a minissaia jeans e o top branco. A sandália nova. Pente no cabelo e um pouco de batom para variar meu ânimo. Me sinto bonita, magrelinha, tingida de sol, o rosto meio vermelho até. O cabelo crespo, seminovelo de lã. Hora de ir para rua. Ver o sol se pôr por trás do morro. Ver num canto à frente, posta sobre o mar, a lua inteira e gorda. Que chega fresca, renovada, quase uma hóstia. Baixa ainda. Veio me ver. Me esquentar. Porque nesta tarde nem o sol de rachar conseguiu me tirar de certo frio azedo e interno. Quem sabe a lua o fará... A maresia. O vento. Agora andando por aqui, na orla, se ouve menos aquele burburinho do dia inteiro. Hora do Ângelus. Certo respeito. Fecho os olhos para ouvir melhor. Paro um instante. A brisa dá de aumentar, penteando meus cabelos para longe, para trás, e deixando crua e limpa a minha fronte. Delícia. Deleite. Letícia. Duas mãozinhas frias tapam minha vista agora. A ponta dos fios do meu cabelo, tenho certeza, invadem o rosto dela, que sorri suave ao pé do meu ouvido, que entende aquela risadinha de nada como um enorme carinho. Letícia – eu digo em voz alta, enquanto levo minhas mãos aos dedos dela. E me viro. E é ela mesma, é claro. E eu viro líquido, evaporo, estou sem graça. Ah, que eu jamais esqueça como isso é bom e ao mesmo tempo doído! De novo um sorriso preso no varal da boca dela. Lençóis muito brancos e muito limpos estendidos contra o resto de sol. Ela sussurra para mim que sente o mesmo... sente muito!

Meu coração destrambelha. Extra-sístole, maracatu de abelha, belzebu em transe, meus caprichos, minhas idéias, meu padrinho padre Cícero, certas neuras... Vamos andar um pouco, correr um pouco, ver quem chega primeiro? E é assim que nós duas voltamos para casa, competindo, correndo, de mãos dadas, o caminho inteiro. Chegamos suadas, mas ainda a tempo de ver o sol cair para o outro lado do morro num repente. Tibum! Acabou. Meu corpo no fundo de uma piscina. Tudo muito azul gostoso. O corpo leve, sem peso, sem dor. É assim que piso, respiro, penso, sinto enquanto mantenho a minha mão firme presa à mão da Letícia. Agora já está escuro. Só a lua cheia vem rasgar o véu da noite enquanto piscam estrelas e, aqui e ali, uns poucos postes surgem acesos. Na varanda, de novo, meus pais estão prontos para sair. Avisam que voltam tarde, vão jogar pôquer na casa da Liana. Vão se divertir. Mas minha mãe quer saber se estou bem. Respondo com pulinhos e farta distribuição de beijos enquanto digo que sim, sim, sim, que estou muito bem, de verdade! Meu pai pergunta o que nós vamos fazer. E um medinho de nada cresce assim em mim, debaixo da pele. Fico sem fala. Não sei o que dizer. Mas a Letícia vem e me salva. Diz que vamos ver TV, que tem um filme com um supergato e que a gente não pode perder. Então meu pai beija a face da gente. Minha mãe grita bye-bye lá de longe. E eles vão se afastando, devagar. E quando somem no longe é que a gente se olha de novo. Eu penso um pouco nela, numa cara como a dela... A Letícia não tem nada de estranho ou especial. São os mesmos orifícios e as mesmas funções. Por que então me parece um santo ofício vigiar os traços dela, os menores indícios de que aquilo ali, cada ponto, cada célula e centímetro, é a minha Letícia e somente ela?

Mas não tenho muito tempo para pensar nisso. A Letícia já toma a iniciativa. E me puxa para a sala. Me senta. Desiste. Me levanta. Apaga e tranca a casa. Me arrasta para o quarto. Me deixa numa poltroninha que há perto da janela. Sai. No escuro, volta com um par de velas. Fecha a porta. Roda a chave. Estamos seguras agora. Ela se vira. Põe um cd no aparelho. Um som ultraleve, suave, lindo... Letícia é assim: tem esse corpo, esse jeito capaz de provocar hecatombes por segundo em meu planetazinho e ao mesmo tempo parece estar firme e tranqüila o suficiente para salvar a Terra. Ela se aproxima e me mostra o salgado e o doce. O movimento e o quieto. Eu continuo um tanque de guerra, absolutamente pesado, à espera de ordens do alto comando. Não estou em mim. Sou apenas um engano. Uma holografia ruim. Estou feliz e assustada. Tudo parece um sonho. E ainda mais agora, quando a Letícia ajeita uns travesseiros na cama, senta e me chama, faz um sinal. Estou enfeitiçada. Me ergo e ando. Depois sento com as costas encostando nos seios da minha prima. Meus braços sobre as coxas dela. Bala azedinha na boca. Gosto bom. Trevo da sorte colhido ao acaso no jardim e que agora esmago com os dentes... Letícia passa os braços em torno de mim. Me aperta, de leve. E conversa:

– Sabe, Mi, eu fiquei muito maluca quando você disse aquilo lá na praia. Porque eu queria dizer que te amo já há uma data, mas eu não sabia direito como ia ser. De repente, sei lá, eu podia perder você... Então foi demais saber que você sentia o mesmo. E...

Eu interrompo, peço que ela fique calada. Quero ficar em paz. Às vezes, tenho nojo das palavras. Porque elas têm a capacidade de reunir debaixo das mesmas asas coisas que não são afins. Sexo, por exemplo, é um termo que designa qualquer trepada pornô, qualquer transa com puta e ainda o dia em que fui concebida e o que vai rolar agora comigo e com a Letícia. Não é justo dizer tudo com a mesma palavra. Prefiro o silêncio, o escuro. Apenas o acolhimento das mãos, da boca, da pele, das sensações que vão sendo provocadas, acumuladas, até certo ponto de ebulição. Por isso ataco e sou atacada, imitando todos os bichos da fauna aqui dentro desse quarto. Me viro e beijo a Letícia, minha lagartixa de estimação, doce mulher amada. Eu estando ao mesmo tempo tão sóbria e tão bêbada, navegando entre as nuvens do céu da boca da minha morena enquanto as minhas pernas experimentam o aconchego das pernas dela, que oferecem um estranho sabor: confetti de chocolate colorido na ponta da língua, goiabada com queijo, Fanta uva com cajuzinho. Ela perdendo a vergonha, perdendo o medo, deixando o dedo correr mais à toa. Eu pronta para recebê-la, em movimentos instintivos que até então nem sabia que existiam em mim. Uma floresta em coreografia: pele, pélvis, músculos, risos. Ela mordendo a ponta do meu peitinho, eu subindo o tronco da árvore para pegar a fruta mais madura e distante. Manga de suco farto. Minhas mãos servindo de arrimo para os seios dela, fazendo um carinho. Outro gesto, e mais um, muitos deles que se repetem. Até que tudo desperta. Desejo! Explosão! Eu grito – de um jeito baixinho. É que eu não esperava isso, essa mão, desse jeito, já tão lá dentro, no conforto de um ninho, com todos os bichos vindo à espreita, pulsando unidos. Eu não esperava ter essa felicidade assim de repente...Mas daí o universo dá de parar um instante. A Terra não gira mais. As ondas estão congeladas em crista lá na beira do mar. Ninguém anda, nenhum carro funciona. Nem videogame, liqüidificador, televisão, nem lâmpada. Toda a energia do mundo está aqui. Nada existe além de mim, do meu corpo e dessa Letícia que está aqui. Quero esticar esse segundo, levar comigo para a eternidade, guardar na mochila para poder mostrar para algumas amigas na escola, mas não é possível. Achei que tivesse morrido, que tudo tivesse morrido junto comigo, mas não é verdade: eu ainda respiro, e em completa sintonia com a Letícia! E posso sentir essa coxa sobre a minha, essa barriga colada à minha, e esses dedinhos passeando no breu do meu corpo... Estou é muito viva! Só que já não sou a mesma. Sou outra. Ressuscitei, nasci de novo, me modifiquei, sou uma mutante. E estou pronta para repetir cem mil vezes esses mesmos gestos de hoje, procurando outros meios de causar a mesma catástrofe, de paralisar o mundo com o meu desejo. Amanhã, sei que nada será como antes. Provavelmente, nós viajaremos logo depois do almoço. Eu, Letícia, meu pai, minha mãe. Seguirei com a minha máscara de ingênua, deitada no colo da minha amante, no banco de trás, comendo fandangos, bebendo refrigerante, ouvindo aquela fita do Dire Straits de que meu pai gosta tanto. E aqueles mesmos dedos dela estarão presos em meu cabelo e estarei rindo, cantando, assobiando. E minha mãe dirá que eu estou mesmo contente. E eu vou ter de responder, olhando bem dentro dos olhos da Letícia, que simplesmente estou no paraíso!

Um clarão no escuro

Conheci a Olga através de um carinha da faculdade, que fazia algumas matérias comigo, o Marcelo. Ele nos apresentou uns meses após a gente contar um para o outro que éramos gays e que estávamos à caça, solteiros demais para o nosso gosto! Pois um dia ele veio me falar de uma colega dele dos tempos do segundo grau, uma certa Olga, que tinha larga experiência nessa vida desregrada e que conhecia todo mundo do ramo. Fiquei entusiasmada, principalmente quando ele me disse que já havia conversado com ela e que ela tinha topado ser minha cicerone no tal mundinho... Por isso, quando o telefone tocou e minha mãe me chamou dizendo que uma tal de Olga queria falar comigo, fiquei muito feliz e acabei combinando um programinha para o dia seguinte.

Nós nos encontramos numa quinta-feira, quase seis da tarde, na praça perto da escola onde ela e o Marcelo haviam estudado. Eu a reconheci de longe, porque ela era um caminhão, para lá de máscula e confesso que, por isso mesmo, quase morri de vergonha quando ela me propôs que a gente seguisse lado a lado caminhando por uns três quarteirões até a porta de um boteco meio escondido atrás de um jardim, quase uma mata. Morri de vergonha porque até então achava que devia andar sempre recoberta por um manto de anonimato. E que isso era uma espécie de seguro contra súbitos ataques de preconceituosos de qualquer natureza. Mas a Olga não...Ela andava praticamente com uma placa dependurada no pescoço: lésbica, lésbica, sapatão!

Fui andando ao lado dela feito uma pedra de gelo. E depois de uma caminhada que parecia sem fim, a gente sentou na tal mesa que, graças a Deus, ficava camuflada entre os ramos de todo tipo de planta. A Olga parecia estar em casa. Chamou a garçonete pelo nome e foi pedindo logo uma cerveja. Depois a gente ficou jogando para lá e para cá um pouco de conversa fiada, enquanto ela ia cumprimentando todas as mulheres que vinham chegando. Eu estava cada vez mais assustada com a possibilidade de passar a conhecer – e quem sabe me tornar amiga, namorada – de tanta gente entendida. Para mim, aquele era um mundo à parte, porque até então eu havia tido apenas um único e longo lance com uma amiga de infância que também me tinha como primeiríssimo caso. Então toda aquele *mise-en-scène*, todo aquele caos de gente, parecia um paraíso meio endiabrado e eu ficava olhando um pouco a Olga, mas também tinha os olhos grudados em tudo o que se passava ao redor. E tentava engolir tudo o que o olho podia engolir – rosto, corpo, forma, riso, gesto, fala... – numa tentativa desesperada de achar alguém, um troço, um sinal, sei lá o quê, que me garantisse, de uma vez por todas, que aquele era mesmo o meu território. Mas naquela noite não rolou nada e eu apenas saí dali com a boca cheia d'água, com o coração lotado de esperanças e com um combinado: no dia seguinte, sexta-feira, encontraria a Olga no mesmo lugar, mas mais tarde, lá pelas dez.

No outro dia, na hora exata, lá estava eu, de mãos dadas com a minha ansiedade, esperando a Olga, que chegou atrasada, mas fazendo um escândalo danado. Veio já lá de baixo da rua gritando meu nome, falando bobagem, rindo... Fiquei só olhando para os lados, petrificada. Ela chegou mais perto, nós nos cumprimentamos rapidinho e daí descemos a rua em direção ao boteco enquanto eu tremia de medo e vergonha e ela ia me explicando que o esquema da sexta-feira era diferente, que a gente tinha que enrolar com uma cervejinha barata até quase meia-noite e só depois ir para a boate, que era lá que a coisa esquentava! E nós chegamos e a Olga fez a maior festa para um pessoal que já estava por ali numa mesa, onde a gente sentou. E eu fiquei ali, então, com mais quatro moças que nunca tinha visto na vida antes e a conversa começou a caminhar redonda e a cerveja começou a descer macia até que, de repente, dei de achar graça numa loura, de olhos de um verde escuro que estava ao meu lado, quase a um palmo de distância. Cutuquei a Olga e fui direto ao seu ouvido para perguntar se ela conhecia aquela garota que parecia um anjo, com os cabelos castanhos claros muito longos e a pele da cor de um copo de leite em flor. A Olga não resistiu e soltou uma risada que veio dar um tapa em minha cara. Depois me explicou que ela era a Lígia, uma menina meio barra pesada, que saía com o diabo e mais todo mundo, mas que tinha alguma espécie de compromisso com a dona daquele bar e que por isso mesmo ela, Olga, não precisava dizer mais nada sobre a tal Lígia, que era uma enorme canoa furada!

    Juro que entendi tintim por tintim tudo o que a Olga falou, mas a verdade é que aquilo não mudou em nada o meu pensamento. Pelo contrário, deu foi mais corda para o meu delírio que foi comigo para casa depois daquela noite e ficou grudado em mim, coçando feito sarna. Eu não era amiga da idéia de desistir. Nunca fora. Era mesmo muito teimosa e foi por isso que tratei de ligar para a Olga já no começo do dia seguinte, para combinarmos de sair naquele sábado. Tudo certinho: o lugar, o horário... De longe vejo vindo a Olga e aquele sorriso puro, que era como um colar de pérolas posto no meio do rosto dela... E era preciso dizer: a Olga era mesmo bonita – ah, isso a gente tinha mesmo que admitir! E também uma simpatia! Pena que fosse tão máscula! Pois lá vinha a Olga com uma calça escura de pregas, sapato de verniz, camisa comprida, cigarro na ponta dos dedos e a carteira enfiada no bolso da calça... Um homem! E para arrematar, o cabelo curtinho, e nada de adornos – nenhum brinco, nenhum colar, nada! Eu não me acostumava com aquilo: ainda morria de vergonha...Pois a Olga e aquele entusiasmo dela mal chegaram e já perguntei, de cara, se ela achava que a tal da Lígia apareceria hoje e se ela arriscava algum palpite sobre o tipo de abordagem que eu deveria escolher... Mas a Olga só pegou meu rosto entre as mãos dela, mirou os olhos nos meus, com força, e disse então, devagar, como se fosse para eu decorar aquelas sílabas:

    – Esquece a Lígia, sua porra! Ela é uma tremenda fria!

    E a Olga disse isso de uma maneira tão dura que quase fiquei puta com ela. E por isso desci até o bar em silêncio. Ia remoendo as minhas dúvidas, enquanto a Olga ruminava e praguejava. Dizia que era mesmo uma merda sair com quem não sabia nada da vida. E, de vez em quando, virava o rosto assim contra o vento e me olhava e dizia:

    – Bicho, eu tô perdendo a paciência, eu tô perdendo a paciência...

    Fiquei quieta, só vigiando meus passos. E confesso que achei aquela reação da Olga exagerada. Mas depois a gente já estava sentada no boteco, e eu já tinha até uma coisa assim feito uma cadeira minha, cativa, já chamava a garçonete pelo nome e já reconhecia algumas figurinhas carimbadas do lugar. E então, por tudo isso, aquele clima de uma tonelada entre a Olga e eu foi se dissolvendo, se dissolvendo e quando quase caí no chão de tanto rir de uma piada que ela havia contado, nessa hora senti que a tensão entre a gente já tinha ido embora e fiquei aliviada. E foi aí, justo aí, nessa hora, que vi a Lígia chegar e sentar de novo bem perto e sozinha. Gelei! E quando ela olhou em minha direção, levantei meu copo, num brinde, e sorri, tentando parecer sexy. Mas ela não se mostrou a fim de nada. Virou para o outro lado e mudou a expressão da face, mostrando alegria para uma menina estranha, feinha, esmirrada, que chegou e já foi beijando a Lígia assim, na minha cara. Trinquei no meio – de raiva! Mas aí deu mais um tempo e vi a Lígia se levantando e indo para o banheiro. Nem pensei direito, cara: pedi licença na minha mesa e fui correndo segui-la.

    O banheiro parecia vazio. Entrei e fiquei por ali, fingindo que lavava as mãos, o rosto, enquanto a esperava. Mas, de repente, começo a ouvir uns gemidos estranhos, atrás da única porta que estava fechada. Não havia engano: a Lígia estava lá dentro transando com alguém! Com outro alguém – que não era eu, muito menos a tal moça de metro e meio que estava lá fora e que tinha toda pinta de ser a namorada, a oficial, provavelmente a dona da casa. Fiquei enjoada. Meti o dedo na garganta e vomitei. Aquela era uma viagem maluca minha... achava que o gueto era um lugar só de santo, mas agora descobria que aquilo ali era apenas um recorte do mundo, com todas as faces em exposição num espaço muito menor, mais apertado. Ali dava de tudo: gente louca, gente séria, gente engraçada, gente sem escrúpulos e gente boa também... Mas é que eu vinha de uma experiência que não tinha nada a ver com o mundo, seja ele qual fosse – namorar durante anos a fio sua amiga de infância... Aquilo sim era um conto de fadas; era viver numa bolha. Agora me sentia despreparada, me sentia só.

    Voltei para mesa arrasada. Paguei minha parte, pedi licença e fui embora. Não me despedi da Olga, porque ela não estava naquela hora por lá. Deixei um beijo, um recado. Pedi para dia desses ela me ligar. Fui para casa e dormi. Acordei com a minha mãe falando mundos e fundos em meu ouvido: que era aniversário de algum tio meu, que eu tinha que ir, que não sei quem ficava chateado se eu não aparecia e que eu não servia para nada, que não dava importância para a família... Mas fingi expressamente uma baita de uma dor de cabeça e me livrei daquela roubada, ganhando, de quebra, a casa vazia. Então aproveitei aquela liberdade o quanto podia e coloquei um disco velho para tocar no último furo. Dança e delírio. Eu queria exorcizar os demônios, rodopiar o dia inteiro, cantar alto, berrar e ver se assim acertava os meus ponteiros internos, dava um jeito de encontrar um caminho porque eu me sentia desiludida, um caquinho... Mas de repente o telefone toca: é a Olga. Estou quase sem fôlego de tanto pular sozinha pela sala no meu balé de doida. Por isso preciso tomar mais ar para depois me deitar no sofá e poder falar com a minha mais recente amiga sobre a minha falta de planos, sobre a desesperança que vem inflamando meu peito... Mas a Olga está pouco interessada, e me deixa presa num monólogo chato. Diz que ligou só para dizer que ficou magoada, porque saí sem falar com ela. E que isso tinha dado um puta bode nela, que ela não estava se sentindo muito legal e que ia até ficar em casa mesmo. E eu, muito tapada, achei aquilo uma afronta! Eu é que estava na merda, pô! A Olga estava errada se queria me fazer sentir culpada. Respondi mecanicamente – que pena! – e desliguei o telefone que estava, afinal de contas, me atrapalhando na minha concentração de mulher triste e abandonada por tudo e por todos...

  Dia seguinte, trabalho e escola. A faculdade, o Marcelo. Ele me garantiu que ia ficar na escuta o resto da noite, que ia ouvir minha história de tristeza desregrada; era só acabar a prova que a gente ia se sentar no MaluKit e eu ia poder falar tudo o que quisesse, desabafar. E eu desci num instante e fiquei lá esperando. Mas no lugar do Marcelo me aparece a Olga, toda linda, com o cabelo partido assim de um jeito diferente, ainda bem machinho, mas com uma cara mais leve, menos "homem sério". E vinha com uma conversa atravessada dizendo que o Marcelo havia recebido um recado meio urgente do namorado e que por isso tinha saído às pressas. Achei estranho porque era coincidência demais: Marcelo, namorado, Olga... E ela agora vinha ali com um pedido de desculpas pendurado nos lábios que aproveitaram para me dizer ainda que, se eu quisesse bater um papo, ela, Olga, não tinha compromisso, muito pelo contrário. E eu como estava com aquela ferida no peito, achei melhor aceitar, apesar de ter comigo bem clara a certeza de que a Olga me fuzilaria quando eu contasse tudo que havia acontecido...

E comecei a falar, devagarinho, medindo o tamanho das palavras, porque a Olga já era uma pessoa importante em minha vida e qualquer tom mais grave de voz dela poderia fazer meu coração em pedaços. Daí fui narrando tudo aos pouquinhos, e a Olga, por sua vez, foi enchendo a minha bola, se mostrando companheira, me mostrando, de um modo muito delicado e bacana, os prós e os contras, o certo e o errado. Fez assim um raio X do meu drama e foi me deixando sossegada, confiante. Afinal de contas, aquilo não era o fim do mundo – eu tinha amigas, como ela, Olga. E eu fui relaxando, relaxando... até que surgiram as surpresas!

Sei lá de onde veio aquela idéia. Foi um lampejo, um clarão no escuro do cérebro, no fundo da cabeça e de repente eu começava a ver a Olga com outros olhos. E bebia a alegria dela, que era uma coisa indecente, incandescente, brilhando na mesa, no olhar, no cabelo, nos dentes daquela mulher que era assim, de tão bela e forte, como uma lâmpada, uma vela acesa, uma janela aberta com um convite preso às ventanas para que o sol viesse dar cá dentro. E aquilo era tão certo que nem havia mais espaço para queixas. Súbito, não havia mais lugar para Lígias nem lágrimas. Eu só queria era falar da vida da Olga, do passado dela, do que ela queria daqui para a frente, do que sentia, do que pensava.

Eu continuava desconfortável com aquela pose de machona dela. Mas de repente, sei lá, aquilo também podia ser bom. E só sei que a conversa foi se engatando e a noite acabou indo embora assim, fluindo. E no outro dia, não tivemos chances de nos encontrar, mas lá pelas onze da noite eu ligo, ela atende. E a gente vai conversando, vai conversando, vai fiando, confiando, aumentando o estreito do laço, o apreço, até que a gente percebe e ri: são quase seis da manhã! Nenhuma de nós dormiu! Ficamos presas pelo fio do telefone, pelo pavio da voz, por quase sete horas, sem cansaço, no mesmo ritmo, na mesma pressa de engolir a outra, de cortar os segredos no toco e de plantar ali o compromisso de uma amizade limpa, de um começo.

Na quarta-feira, a gente mal se falou. Bateu o cansaço da noite não dormida de segunda para terça. Mas na quinta, logo cedo, a Olga me liga no serviço, para me convidar para uma festa de uma tal de Marina. Eu vou. A gente se encontra. Brinca, debocha e espalha gargalhadas. Imita uns e outros. Dança, sua, dá vexame e sente vergonha. Depois tudo vira história. Já é tarde e a gente combina de se encontrar no outro dia num bar que tem música ao vivo. Sexta-feira. De novo, o mesmo talento para a parceria, para a risada uníssona, para a vontade de ficar junto... e aquele geladinho fininho que sobe assim das ancas até a raiz do cabelo na hora em que ela vai embora e eu começo a me sentir sozinha, sozinha, sozinha... No sábado, vamos para um rodeio. No domingo...

Minha mãe está furiosa comigo e tenho que admitir que com certa razão. A semana inteira passei na gandaia, na rua até altas madrugadas. No domingo passado, tinha inventado aquela baita mentira... e é claro que ela estava desconfiada. Por isso, o domingão foi todo tenso. Eu passei o dia sofrendo uma marcação cerrada. E não pude sair nem atender o telefone, tamanha era a enchação de saco. Pois aquilo bastou! A ausência da Olga tinha deixado as coisas mais claras do que nunca e pela primeira vez desde que eu a conhecera comecei a pensar solidamente naquela hipótese que ganhava espaço cada vez maior na minha cabeça: Olga e eu – juntas... apai... É isso mesmo: apaixonadas! O martelo doía em meu peito – disco arranhado, geme-geme de geladeira no silêncio da noite ou uma goteira pingando e pingando por horas inteiras. Amanhã, segunda-feira, eu ia com certeza passar aquilo a limpo!

Na hora do almoço, para poder falar com mais liberdade, me afastei uns quarteirões do serviço e me postei num orelhão. A Olga atende. Eu digo que tenho um problema, que preciso vê-la hoje à noite de qualquer maneira. Prometo que mato as aulas só para encontrá-la mais cedo, para que a gente tenha tempo de conversar à vontade... Ela está desconfiada, faz perguntas, quer arrancar de mim o assunto do encontro. Mas eu não falo, disfarço. Digo que só à noite. Ela então me pergunta onde e eu digo que gostaria muito que fosse num lugar entendido, mas tranqüilo. Ela me fala de um barzinho pequeno que fica numa subida assim quase perto da faculdade, num quarteirão escuro, e que abre de segunda a segunda. Depois sugere um encontro às sete e meia e eu topo.

Às cinco da tarde já suo aflita. Às sete em ponto já me sento no bar. Peço um suco de laranja. Não quero correr o risco de ficar bêbada, por isso vou devagar. E, enquanto espero, vigio o movimento do lugar que está vazio. Mas, aos poucos, as mesas vão se enchendo de casaisinhos que escolhem o escuro daquele bar tão pequeno para namorar numa segunda-feira... Até que a Olga surge na porta! Deus meu, é um rapaz, sem tirar nem pôr... E isso me soa estranho... Mas é a minha Olga...

    Faço um sinal assim com a mão esquerda e depois seguro com força o copo entre os dedos. Estou com medo. A gente se cumprimenta e ela se senta. Pergunto se quer beber qualquer coisa. Ela sugere uma cerveja. Eu peço. Depois disparo outras perguntas: se está com fome, o que quer comer, se o dia passou sem problemas, se ela tem notícias do Marcelo, se ela gosta de jogar videogame ou se prefere as máquinas antigas de fliperama, se quer namorar comigo...

    Eu falo aquilo e depois abaixo a cabeça e fico em silêncio. Acho que deve ser assim mesmo que um criminoso espera ouvir a sentença. E trato de prestar atenção apenas às nódoas presas para sempre nas fibras da toalha de mesa. Mas a Olga não diz nada e traz a mão até o meu queixo e levanta o meu rosto e me força assim a passar pelo vexame de a olhar olho no olho. Depois, ela mexe os lábios, parece que diz qualquer coisa, mas eu já estou morta há alguns meses, ali só resta um zumbi, tolo, besta, que às vezes nem entende, nem ouve, nem pode, aquilo que aquela moça linda demais tem para me dizer... Mas ela é muito segura. Não espera que eu saia daquele estado mórbido e logo chega mais perto, avança, e me cutuca com a língua que vem beber da minha saliva, que cava caminho entre meus lábios e acha lá dentro conforto, carinho, calor. Eu a beijo longamente. Ela me beija uma eternidade. Ela se mexe como se fosse minha dona, como se eu fosse sua propriedade. Parece que sabe os caminhos de cor... E aquilo me desassossega um tanto. Porque ela é diferente da minha eterna amiga de infância, daquela cumplicidade, do jogo de descobertas. Com a Olga é outra coisa. Outro alfabeto, outras siglas. Ela me guia. Eu sigo. Ela fala. Eu escuto. Estou nas mãos dela, nem sei bem por que, ou como. E se me perguntassem, de repente, o que acho dessa Olga que agora me abraça bem forte, diria que a acho um tanque de guerra... Mas não posso dar nome, não posso guardar nesse ou naquele potinho, debaixo de um rótulo escrito com a melhor das caligrafias, o que sinto por ela. Desejo e repulsa. Vontade e arrepio. Carinho, estranheza. Sei lá...

Agora ela está neste bar escuro bem à minha frente, segurando minha mão na quentura da mão dela e me dizendo coisas que talvez sejam bonitas: Venha cá, chegue mais perto. Penso que é melhor deixar essa implicância de lado. Ouvir com cuidado, com carinho, sem medo. Os sons às vezes têm nuances que só quem quer pode escutar.

Feliz aniversário!

Ela é casada e tem dois filhos e eu não sei como isso foi acontecer justo comigo! O Mateus tem oito anos e o Tadeu quase treze. Eu dou acompanhamento escolar para os meninos há quase dois anos, e não sei como isso foi me acontecer! Meu comportamento, via de regra, é discretíssimo, porque trabalhar com crianças e levar sua vida sexual à revelia do restrito manual da moral e dos bons costumes não é tarefa das mais fáceis. Mas driblando o preconceito com jeitinho a gente sobrevive, e é o que eu venho fazendo. Mas de repente me vi apaixonada, sem saber ao certo que fazer.

Conheci a Patrícia na escola dos garotos, onde dei aula por um tempo. Depois me cansei daquilo e resolvi abrir uma espécie de consultório para atender crianças com dificuldade de aprendizado. As coisas correram bem: meus horários estão sempre lotados e a boa fama vem crescendo junto com a porcentagem de bons resultados. Estou satisfeita com quase tudo em minha vida: faço meu próprio horário, tiro férias duas vezes por ano, me sinto profissionalmente realizada e tenho sempre algum dinheiro no banco. Moro em apartamento próprio, tenho um carro simples e do ano, viajo, tenho pencas de amigos, e o corpo segue saudável. Problemas? Só um: um coração tolo e apaixonado pela mãe de dois de meus alunos...

A Patrícia colocou os meninos no meu consultório e depois ficou me cercando – essa é a verdade! Ficou de tocaia, reservando os últimos horários de cada dia da semana só para poder depois deixar as crianças soltas pela sala de recreação que eu tenho ao lado, enquanto ela me cozinhava as esperanças no vapor de conversas loucas e longas que sempre acabavam só por causa dos abusos do relógio...
O Mateus punha a cara na porta e dizia:

– Mãe, tô com fome!
E aquilo era uma espécie de senha para a nossa despedida que, no começo, me aliviava, mas que depois, ao longo dos meses, era como uma adaga que se enfiava em minhas têmporas:
– Mãe, tô com fome!
E eu me acabava em uma tristeza misturada com vergonha, porque fui sabendo, aos poucos, que estava ficando mesmo apaixonada! Até que um dia, uma sexta-feira, quase seis da tarde, a Patrícia me aparece sem as crianças e bate na porta. Eu já estou sozinha, só arrumando as coisas, e a vejo pelo olho mágico. A imagem, mesmo destorcida, me parece fantástica: Patrícia tem uma coleção de cachos negros que despencam até os ombros e abrem assim espaço de destaque para as saboneteiras que são pontudas, muito bem definidas e que me atraem de um jeito espantoso. Abro a porta e ofereço um sorriso delicado. Ela invade. Vem atirando chumbo grosso com o bacamarte dos lábios em posição de combate. Finge que erra os beijos que deveriam ter como alvo a minha face. Um escapole. Perigo. Cuidado. Líquido inflamável: saliva *versus* saliva. Como é que começa? Como é que acaba? Eu não sei, só reparo que ela tem pressa: vem e me despedaça. Mal tenho tempo ou fôlego para trancar a porta. Ela se declara em combustão. Digo que entendo e que sinto o mesmo e que temo, e tremo, e termo. Fim.
Ela está deitada sobre mim. A lua está posta num canto da janela. Cheia de si. Estou exausta, mas consigo ver daqui o relógio da matriz: são quase dez horas. Na testa, faço uma ruga que é sinal de preocupada e lanço sinais de fumaça para Patrícia, que dorme em meus braços. Ela acorda. Me prega um beijo demorado na boca. Penso como deve ser difícil o trabalho dos bombeiros, que mesmo depois de controlar as chamas têm que dar plantão para que o incêndio não recomece em pequenos ninhos de brasa. Cutuco aquela mulher com mais afinco e ela me explica que está por conta, que o marido foi para a praia levando os filhos e sobrinhos e que ela será minha, só minha, naquele final de semana. Bingo! Quina! Ganho na loteria e ninguém me conta? Pois me levanto, me visto e a deixo por mais uns instantes deitada em meu sofá, vendo a lua lamber seu umbigo. Depois a aprumo e a chamo para comer qualquer coisa e seguir, sem compromisso, adiante, no furto de um final de semana só para nós duas.

Ela prefere ficar no apartamento dela. Por segurança. Discordo um pouco. Digo que corremos o risco de eles chegarem de repente e nos pegarem em flagrante. Ela diz que não, que não há motivos para preocupação, que os conhece, que sabe a rotina deles. Acredito piamente. E passo depressa em casa, roubando beijos no aperto do elevador, e cato duas mudas de roupa e faço dois sanduíches de atum que nós comemos entre gargalhadas e goles de Coca-Cola para depois apagar as luzes da sala e trancar a porta, deixando para trás, sem consciência ainda disso, um estilo de vida, uma calmaria, um conjunto de certezas e promessas que simplesmente vão deixar de existir depois deste sábado e deste domingo que por ora apenas começam.

Vamos para a casa dela – um apartamento até que grande, com uma sacada romântica abrindo as portas para uma vista muito bela em que o pico do Morro Liso surge quase gigante na tela, acompanhado só pela lua que agora já está alta, lá quase na curva que sua trajetória obedece e que pontua o meio da noite, início da madrugada fria em que Patrícia me aquece com mordidas na nuca, mãos passeando nas costas, nas coxas, na bunda... Estamos na cama dela e do Fábio. Mas aquilo, naquele momento, não me abate, não me atinge. Estou em pleno delírio, vivendo uma fantasia. É como se a fada madrinha batesse na porta do meu consultório com a abóbora debaixo do braço e dissesse sorrindo:

– Tome. É sua. Beije-a que ela se transforma.

E assim nascia essa Patrícia, que caía do topo do impossível direto para o contato da pele, sem meias palavras, sem artifícios: agora éramos só eu e ela. Passamos o sábado nisso: variando o sexo entre posições, cenários, ritmo, figurino. Mas no começo do domingo, já foi outra a conversa...

Eu estava quase dormindo, com o sol vindo muito de leve me incomodar as pernas nuas que estavam para fora das cobertas. Patrícia estava na cozinha, passando um café quente, preparando torradas com geléia. De repente, ouço o burburinho lá longe. A voz da Patrícia vem pelo corredor, chegando cada vez mais perto:

– Vocês me esperam aí na cozinha que eu troco de roupa e acabo de preparar a nossa festa. É só um minutinho.

A Patrícia aparece na porta e eu já estou de pé, catando as peças de roupa que estão por todo canto do cômodo. Ela me dá um beijo relâmpago e depois fala da tempestade que se aproxima:

– O Fábio está com as crianças na cozinha. O tempo ruim os espantou da praia. Acho que vão para o clube daqui um pouco. Por enquanto, preciso te esconder nalgum canto... Ou no boxe do banheiro das crianças ou...

Já não havia tempo para pensar nada melhor: eu passei como uma sombra para dentro do banheiro do corredor. Entrei no boxe e tentei ficar quieta. Rezando.

O Mateus entrou lá cantando, assobiando. Levantou a tampa do vaso e fez xixi, distraído. Depois lavou as mãos e saiu gritando pela Patrícia:

– Mãe, tô com fome!

Meu coração, que parara por uns segundos, voltou a bater, mas estranho. Peguei minha blusa e tentei vesti-la, mas tremia tanto que a tarefa foi quase impossível. Com dificuldade cada vez maior, fui me arrumando, enquanto pensava que ser pega nua era com certeza um agravante, mas que estar escondida no boxe do banheiro das crianças era uma coisa muito dura de explicar para quem quer que fosse! E o que ficou registrado para mim daquilo tudo foi o tempo extremo de agonia: os risos da brincadeira na sala, o Fábio se insinuando para a Patrícia com beijos barulhentos que ardiam em meus ouvidos, um começo de briga entre a molecada e, finalmente, o anúncio da partida:

– Vamos, moçada, para o clube agora! Marchando! Em frente, pelotão, adiante!

De novo sinto os pulmões se enchendo. Estou com frio e medo, ou medo e frio, ou tudo junto, nem sei direito! Estou paralisada, sem pulso, sem nome, sem nada. Patrícia vem e abre a porta do boxe e me recolhe do susto. Ela está sólida – uma rocha recebe agora os carinhos de 72 quilos de água, que é como eu me sinto: mole, sem forma, no mínimo. Ela me sustenta com abraços. Diz que tudo já passou. Pede desculpas. Me senta na sala. Me traz comida. Me penteia os cabelos, abotoa direito a minha blusa, me oferta outro molho de beijos, mas eu estou em fiapos. Preciso sair dali e pensar melhor. Ela contesta, reclama, mas acaba cedendo. Peço licença e saio. No táxi, nem acredito em mim, na minha existência, na minha coragem, em tudo que vivi. Estou frágil. Cuidado. O motorista breca na porta do meu prédio e me assusta. Eu engulo a ponta de um choro que quase brota na freada brusca do carro. Pago.

Desço. Abro a porta da minha casa. Pulo no sofá e choro. E assim vou encharcando a sala, o tapete... as lágrimas vazam por debaixo das portas para outros ambientes. E só assim, depois de um tempo, me acalmo.

    De todo modo, desperdiço o domingo nessa agonia. O telefone toca: uma vez é a Olívia, noutra minha mãe, nas duas outras a Patrícia... Não atendo. Fico ali quieta só ouvindo a secretária eletrônica pegando os recados. Não entendo porque ninguém pode me deixar aqui sozinha e doendo. Quero ficar ilhada e distante; quero ter espaço para considerar todos os riscos e chances, quero ter como consultar o que sinto, o oráculo dos meus sentimentos, a qualquer instante. E passo o domingo nisso, até que despenco no sono, deitada no mesmo cantinho do sofá que recebera meu choro. Amanhã, segunda-feira, de novo a decência da rotina, a segurança dos horários cheios, o barulho dos meninos e das meninas, as mães e os pais e sua coleção de perguntas cretinas, os pais e as mães... Patrícia.

    Acordo ainda sentindo o perfume dela como uma aura que vai me perseguindo até o banho. Me encaro no espelho:

– Hoje é segunda-feira. Finja que nada existiu. Sufoque, mate, maltrate, esqueça.

    E é com esse espírito que começo a maratona de atendimentos. Às cinco e meia, meu coração treme. Mas os meninos chegam desacompanhados. Pergunto pela Patrícia. O Tadeu explica que ela está com enxaqueca, que é o vô Alfredo que está lá embaixo, esperando por eles. Respiro sossegada mas sentindo, ao mesmo tempo, dentro da caixa do peito, uma pedrinha de nada crescendo. Quando a hora dos meninos acaba, estou desesperada. Pego o telefone, a agenda. Ligo urgente. Patrícia atende do outro lado. Chora mansinho. Diz que houve problemas. Que o Fábio achou qualquer coisa suspeita, que estava desconfiado. Achava que ela tinha ficado com algum cara em casa, tava o maior clima. A marcação era cerrada e ela precisava desligar. Agora. Zás, pum!

    O som metálico do aparelho desligado. Minha orelha congelada pela fala dela. O que será que ele sabia? Do que será que desconfiava? Eu e a Patrícia éramos consideravelmente íntimas. Afinal de contas, se somássemos as horas em que havíamos conversado de modo franco e aberto nos últimos dois anos, teríamos um volume significativo. Por isso eu bem sabia dos problemas do casamento deles, de como a coisa se encaminhava. Mas no fundo não tinha a menor idéia de quem era esse Fábio – se chegaria às raias da violência ou se era pacato. Além do mais, era preciso ter uma certeza minha: o que eu queria com a Patrícia – um final de semana de trepadas monumentais bastava ou eu precisava de mais? Estaria disposta a me relacionar com ela, a enfrentar a família, as armadilhas dos filhos e de um ex-marido? Minha cabeça pesava! Eu precisava dividir aquilo com alguém! Liguei para a Olívia, que veio em seguida e me ouviu, com o queixo caído, por quase hora e meia. Depois minha melhor amiga me desferiu um golpe mortal, rindo:

– Eu conheço você desde menina. Acho que sei de cor e salteado cada besteira e cada acerto da sua vida. Acompanhei passo a passo seu namoro com a Mara, a Aninha e a Cecília, mas nunca vi você com essa cara, com esse jeito, com esse tom de fala... Minha grande amiga, você está condenada a arder nas chamas do inferno, porque está apaixonada, e muito, por uma mulher casada, uma mãe de família! E pelo que você me conta dessa tal de Patrícia, parece que vocês vão juntas destruir um lar...

A companhia da Olívia me fez bem. E depois de muito suco de laranja com pão-de-queijo, chegamos juntas à uma conclusão: eu queria a Patrícia e, se ela me quisesse, íamos ser duras de briga! O próximo passo já estava até definido: uma longa conversa com a própria, assim que fosse possível. Mas isso só aconteceu quase quinze dias depois, quando o marido, mais calmo, foi baixando a guarda. Combinamos então uma sauna para uma quarta-feira, bem cedinho, às sete da manhã.

Cheguei primeiro. Tirei minha roupa, vesti o roupão largo que estava no escaninho e guardei minhas coisas lá dentro. Estava ansiosa demais, falava rápido e sozinha, para mim mesma, um punhado de palavras sem sentido. Achei melhor me movimentar um pouco. Fui até o balcão marcar um último horário de massagem e... dei de cara com a Patrícia chegando! Fiquei cega na hora! Tive que a usar como bengala: voltei para o setor de armários seguindo o fio mágico da voz daquela Patrícia que tinha o monopólio da minha respiração e me foi sugerindo, de cara, enquanto se despia, que a gente fosse para a sauna seca, onde havia menos gente. Topei. E, de novo, fui atrás da flauta das palavras dela até ver a porta de madeira clara se abrir com um rangido e se fechar com outro e ter então, mais uma vez, aquela faca a roçar minha boca, aquela língua que cortava todos os meus pensamentos em picadinho e me deixava sem fala. E aquele medo dilatando o calor das coisas – a idéia de que a qualquer momento alguém iria escancarar a porta e invadir o campo dos sonhos. E o cheiro do eucalipto, a nuvem fraca de suor que ia se evaporando, enquanto eu bebia as gotas que escorriam do corpo dela, dos seios, do pescoço, das pontas dos dedos... Lambo o sal dela, que me alimenta, sustenta minhas esperanças. E quando a gente quase pega com as mãos abertas o mundo de coisas microcósmicas que ronda os corpos das pessoas, quando a gente está quase lá, noutro lugar sem nome, pergunto se ela quer se casar comigo e ouço a voz dela dizer que sim, que sim, que sim e depois se perder num beijo que agora é tudo em mim, é uma resposta impressa, com letras gigantes no céu da minha boca, nas costas dos dentes, nos nervos da língua, em todo canto do corpo.

Depois são seis meses assim: toda quarta-feira, a sauna seca nos espera cedo. Toda quarta-feira, beijo e sou beijada, e pergunto se ela quer se casar comigo e ela ecoa em minha cabeça que sim com sua voz de fada. Seis meses se vão assim, mas, de repente, sinto-me cansada daqueles encontros roubados, daquelas horas contadas, da intimidade regulada pelo movimento da porta da sauna – por duas ou três vezes quase nos pegam entre abraços! É preciso acabar com aquilo, transformar aquela relação noutra, melhor, mais firme, mais equipada... Chega meu aniversário e me sinto triste e incomodada – faço 28 anos, estou com a vida ajeitada, mas existe essa Patrícia dependurada em minhas costas, presa a mim. Ela não está à minha frente ou ao meu lado. Segue quase escondida, quase sem existir, nas minhas costas, e fica mesmo difícil ir adiante assim. Por isso tomo a iniciativa. Ligo e exijo a presença dela na festa que vou dar mais à noite. Ela jura que fará todo o possível, mas quer combinar alguma coisa para de tarde. Até que tento resistir, mas depois recuo e aceito: combinamos de nos encontrar no jardim zoológico às três.

O céu dói de azul e o lugar está quase deserto. Vagueio um tanto, sentindo o sol começando a castigar a pele enquanto mastigo porções do saco de pipocas que acabei de comprar. Sento num banquinho. Cruzo as pernas. E fico olhando o lago enorme que se abre para além da curva da jaula do tigre e que serve de abrigo para tudo quanto é tipo de ave. Ela chega e quase me assusta. Me planta um beijo na bochecha que depois fica meio corada com o sujo do batom dela. A gente conversa. Quase cochicha. Digo que estou com saudades e que não agüento mais aquilo. Ela diz o mesmo. Depois a gente se cala um segundo e vê uma ave enorme e muito branca vir voando ligeiro até sumir num mergulho e depois ressurgir da água com um peixe desse tamanho preso ao bico. Ela pega meu rosto entre suas mãos, como se eu fosse uma garotinha que precisa urgentemente levar um pito, depois me diz com um sorriso de maldade tripla que tem um presente para mim. Estico os lábios para ver se sei ainda como é que se faz um sorriso, mas aquele amor acuado anda me consumindo quase tudo e agora acho que estou bem no ponto de me tornar uma mulher triste. Mas ela finge que nem repara e dispara à queima-roupa um papel que arranca da bolsa:

– Tome. Leia. É oficial agora!

Eu tremo um pouquinho. Estou fraca e lesa. Abro o papel que está dobrado ao meio e que traz em letras de forma um pedido de separação a ser encaminhado para o advogado do Fábio que, a essa altura do campeonato, já concorda com o fato. Não me seguro e leio, releio e depois a abraço e choro. Digo obrigada bem alto, porque aquilo sim é que é presente de aniversário. E ela me segura pela mão e diz que a comemoração está apenas começando e que é preciso ir para um motel ali perto, onde ela fez uma reserva da melhor suíte disponível e que o quarto está já sendo preparado com flores, champanhe e tudo mais que o desejo permite. Penso que nada há de ser fácil, que essa história está apenas começando, mas penso também em como é bom fazer 28 anos e ter um fim de tarde feliz, como devem ser sempre ao menos os dias de aniversário.

Um copo de vinho com Leila

Eu estava desconfiada... Havia qualquer coisa no jeito dela! Por isso resolvi segui-la. Parei com o Fiat velho um quarteirão atrás e fiquei esperando. Ela estacionou com calma, bateu a porta do carro e atravessou a rua. Do outro lado, não teve que esperar resposta pelo interfone: ela tinha as chaves! Fiquei parada um instante que nem estátua. Depois é que as lágrimas vieram, uma a uma, até firmarem um leito em meu rosto. Mas eu nem sei dizer quanto tempo fiquei ali chorando presa ao volante. Só me lembro de, a certa altura, ter ligado o motor barulhento do Fiat 147, porque eu tinha que ir para outro lugar – Marte, Bagdá, Kuala Lumpur! Enxuguei as lágrimas e tentei me concentrar para dar conta de controlá-las. Respirei fundo, engoli o choro. Pensei então que podia ir para o apartamento arrumar as minhas coisas (ou as dela!). Ou quem sabe não seria melhor ficar rodando pela cidade até me cansar do volante? Bom, eu podia muita coisa, mas não fiz nada disso. Acabei foi estacionando em frente à casa de meu melhor amigo, o Oswaldo, que me recebeu com carinho, enquanto eu, entre soluços, explicava para ele o susto do que havia visto.

Mas a verdade é que não havia nada de surpreendente no que eu acabara de presenciar. Havia pelo menos oito meses que eu corria atrás dessa confirmação. No começo, eram só pequeninos indícios: ela andava às vezes meio desligada e distante. Esquecia compromissos comigo, se mostrava desleixada em relação ao sexo e a gente quase já não ria juntas... O Oswaldo vinha acompanhando tudo, passo a passo, e foi ele quem deu, pela primeira vez, forma àquela dúvida:

— Será que ela está tendo um caso?
Ele disse aquilo e se arrependeu no meio da penúltima sílaba. Veio então com um balde de água fria na minha fervura:
— Imagina, criatura, bobagem minha! Vocês se adoram, qualquer um vê. O que aconteceu é que sobra trabalho e tensão e cansaço... e essas coisas são que nem ferrugem — comem a força do ferro!

Bem que tentei me dependurar nessa esperança, mas a verdade é que aquele estranhamento estava crescendo em mim. Fiz de tudo um tanto, tentando ampliar as certezas e espantar para longe qualquer sombra de tristeza e agonia, mas não agüentei: uns meses antes tinha fritado o maior bate-boca com ela na casa do Euclides e do Mário. Saia justíssima! A maior baixaria! Mas naquele dia eu já sabia qual era o meu alvo: a Andréa! Era ela o centro da quizila! E se não era amante dela, tinha projeto de ser algum dia! Só podia!

Elas trabalhavam juntas na rádio, faziam dupla no plantão, viajavam às vezes para cobrir umas coisas em Brasília. Eu até que a achava uma figura legal. A Andréa fazia a linha fechada, quase não falava, mas, quando quebrava o seu silêncio de clausura, escorria um litro de uma ironia exata. Era impossível ficar indiferente: ou se engolia uma pedra de ódio para o estômago dar cabo ou se rachava de rir com a precisão milimétrica e cínica de seus comentários. Naquela noite, a Andréa aparecera do nada. Os meninos mal a conheciam, mas a receberam bem, é claro. Eu é que não me segurei: dei um beliscão bem fino no antebraço da Rosa para que ela virasse o rosto para mim e eu então tivesse como fuzilá-la. Mas ela escorregou direitinho. Aprumou o rosto em seu melhor traje e me deixou sozinha para ir cumprimentá-la entre dois mil beijinhos:

— Que bom... você veio... Senta aqui comigo para gente conversar um pouquinho...

Senti uns milhares de cheiros e gostos azedos. Odiei a comida, desde o cardápio até o tempero. Fiquei só botando uns goles de água para dentro, para ver se eles lavavam ou afogavam aquilo que crescia e doía mais e mais, numa progressão geométrica que chegava a dar medo! Pensei em chamar essa Andréa para um duelo lá embaixo, na hora, mas o celular dela tocou bem quando eu já escolhia a arma que iria usar para o confronto — salva pelo gongo! Pediu licença da mesa e foi conversar lá dentro. Depois voltou com cara de triste, pediu todas as desculpas possíveis e disse que precisava ir, que tinha pintado um problema. Aí todo mundo fez um muxoxo que não consegui arremedar. Afinal de contas, eu estava mesmo muitíssimo ocupada com o derretimento de minha indigna amada que agora já se levantava para acompanhar aquela Andréa até seu carro:

— Não, eu insisto! Não aceito recusa! Essa hora da noite... Pensa bem! Eu a acompanho até o carro.

E lá se foram as duas, enquanto eu ficava fixa no prato, brincando de esmagar grãos de arroz com toda a força que tinha para emprestar para o garfo. O Mário trouxe enfim a sobremesa e quebrou um pouco o ciclo da minha raiva, me fazendo retornar àquele planeta árido. Mas foi aí que a Rosa voltou, corada pelo frio da rua ou — quem sabe — pela excitação e vergonha dos quinze minutos que passara lá embaixo. Veio no meio de um punhado de sorrisos e falando alto e meio esbaforida, como quem tem culpa no cartório:

— Ah, gente, vocês me desculpem pela demora, mas quando eu e a Andréa, quando a gente engata uma conversa... é difícil! Mas ela não é bárbara?

Gota d'água! Até aquela hora eu tinha ficado feito um balde cheio, no limite. Uma gota a mais e lá se foi tudo — o carpete dos meninos ia acabar mofado depois da enchente de mágoas que despejei por ali. Aquela palavra, "bárbara", foi um oceano de coisas que veio transbordar o que ainda havia em mim de calma. Foi fatal! Estouro de boiada! Levantei já aos berros, acusando a Rosa de ser cara-de-pau e desonesta, que era evidente que elas tinham um caso. Daí foi o maior barraco! Quase eu saio no tapa. Sorte nossa foi ter o Euclides e o Marinho por perto ou aquilo ia acabar mesmo em porrada. Eu estava disposta! Naquela noite, o único fim possível foi o Mário me carregar para casa enquanto o Euclides contemporizava as coisas com a Rosa por lá. Depois levamos quase uma semana para fazer as pazes, enquanto ela me enchia de cuidados, beijos, presentes, gracinhas e... negava!

Uns vinte dias depois, houve nova invasão na minha praia! Dessa vez, foi o telefone. Tocou e eu atendi. Queriam falar com a Rosa. Eu reconheci a voz da Andréa, que não se identificou. Perguntei quem era. Ela deu voltas, mentiu, complicou e apenas me repetiu uma história que cheirava ser recém-inventada: que era uma pessoa que a Rosa entrevistara e que ela ficara de passar mais alguns dados... Pois eu a interrompi dizendo que a Rosa não estava, que ela se mudara havia poucos dias e depois fiz questão de bater com força o aparelho no gancho, já pronta para ir ter com aquela descarada da Rosa e, dessa vez, falar grosso. O telefone tocou de novo:

— Você vai atender esse telefone agora. É a cretina da Andréa. Não quero saber se vocês têm um caso ou não. Isso aqui pode ser um ataque sem sentido de ciúmes. Não me importo. Mas você tem que decidir rápido: se quiser que eu continue aqui, nesta casa, do seu lado, você atende, fala qualquer coisa, inventa e desliga na seqüência. Eu nunca mais quero ouvir a voz dessa desgraçada! Está aqui o telefone. Decida!!!

Acho que foi tudo tão duro e rápido que a Rosa não contestou nada. Atendeu o telefone e foi logo disparando, enquanto me olhava com os olhos arregalados:

— Oi. Ah, Andréa. Olha, eu quero lhe pedir para você não me ligar mais em casa... A gente conversa na rádio. Não, não precisa se preocu...

Eu não quis correr o risco de deixá-la ir mais longe. Explodi o telefone no gancho, olhei firme para Rosa e anunciei que ia tomar um banho. Pois fiquei lá embaixo do chuveiro umas duas encarnações e meia. Me consolando com a água quente. E quando saí, fui direto para cama, de onde fiquei apenas escutando a TV ligada e os barulhos que a Rosa de vez em quando tinha coragem de produzir: um copo se enchendo de água, o som da descarga, uma tosse baixinha... Eu sabia que ela temia a minha reação e por isso jogava na retranca. Mas eu não tinha a menor noção do que aconteceria se tivesse que, de fato, enfrentar uma situação extrema: o fim da inocência – a Rosa admitindo a traição! O que eu faria, afinal de contas?

De novo a alquimia do tempo e do silêncio foi colocando o dia-a-dia de um jeito em que foi possível achar uma trilha para certa reconciliação. Até uma quarta-feira estranha em que ela anunciou de repente que teria um dia de folga. Disse que não adiantava ligar para a rádio porque ela estaria fora, mas também não ficaria em casa, pois estava rolando um projeto novo e ela aos poucos estava se envolvendo "barbaramente" nele e que, se tudo seguisse direito, a vida dela teria uma guinada, e que era preciso muita pesquisa, ela teria que se reunir com um pessoal indicado pelo Júnior e pela Beatriz e que, por isso, o dia de folga estava totalmente tomado. Ela disse o que quis.

Eu permaneci silente. Depois me deu um beijinho qualquer e saiu. Pois eu não pensei em mais nada! Desci em seguida e fui atrás dela, devagar e muda, sempre a meia distância. De repente, a cena: ela estaciona, tranca o carro, desce, atravessa a rua, busca as chaves no bolso da calça, mete-a no portão, brinca com a criança que está sentada no banco do jardim do edifício – e brinca com intimidade, como se fossem velhos conhecidos! – para depois sumir lá dentro, já no meio da minha agonia...

Agora, o colo do Oswaldo, o copo de água com açúcar, nada me consola! E o que mais me revolta é a negativa tão segura quanto falsa: "Meu doce, meu anjo, minha amada: eu não tenho nada com essa cara! Meu negócio é absolutamente continuar casada com você!" Tristeza de fala... De novo, hoje, ela se referia ao dia e ao encontro com aquele entojo com variantes da palavra "bárbara" (seria uma invasão de visigodos em minha casa?) E depois me assustara com a história de "dar uma guinada" na própria vida... Eu estava perdida! Nem queria tentar organizar em parte alguma da minha cabeça uma contra-ofensiva ou ter que encarar a idéia de viver sem aquela companhia sólida que até então a Rosa tinha sido para mim. Isto estava além do possível! Mas daí o Oswaldo veio com uma conversa de doido que foi se construindo do nada, do nada, até que me encheu por inteiro:

– Que o feitiço vire contra o feiticeiro!

E eu ali sem entender:

– Mas como assim, Oswaldo, explica isso aí direito!

E ele explicou o seguinte: que eu podia tentar eliminar o efeito Andréa atacando com uma, digamos, Leila... E eu, sem entender pitombas:

– Que porra de Leila é essa que eu não conheço?!?

E o Oswaldo, com um sorriso irônico, diz que a Leila não existe, que ela há de ser uma invenção nossa, exclusiva:

– A Leila vai ser sua amante! Aqui, agora! A gente finge...

Ouvi aquilo e tratei de pôr para fora todas as gargalhadas que andavam meio sumidas de mim desde que aquela história havia começado: Rosa, traição, Andréa... Até que me vi séria de novo. Olhei para o Oswaldo:

– Pois eu topo!

Foi assim que a Leila nasceu...

Corri com o Oswaldo para casa, mas, antes, passamos no supermercado para abastecer a mentira: batom vermelhão, cigarro, uma garrafa de vinho... Eu não fumo. Raramente me pinto. E quando uso batom, é um tom mais escuro, quase marrom, discretíssimo. E mais: eu beberico quase tudo – cachaça, vodca, uísque e gim... – só não suporto uma coisa: vinho! Pois eu desfiz as sacolas de compras dispondo tudo sobre a mesa da cozinha. As armas do crime. O Oswaldo seguia rindo, quase delirante, e fomos em frente com a farsa. Peguei duas taças e as enchi de bebida. Meu amigo esvaziou uma delas de um só gole! Depois, veio até a mim, esticando assim os beiços, e eu peguei o batom e segui o desenho dos lábios dele... Pronto! Perfeito! Agora é beber da outra taça, tendo todo o cuidado da terra para deixar bem clara a marca. E é chegada então a hora de acender o cigarro. Pego um cinzeiro, a caixa de fósforos. Os dois, desajeitados com objeto tão estranho, quase põem fogo na casa! Mas a cena chega ao final: na cozinha, na mesa, duas taças sujas de vinho tinto, uma delas com aquela mancha característica, e ainda a garrafa, displicentemente deixada ao lado do cinzeiro onde descansam duas guimbas de Charm. O Oswaldo se vai. Eu fico deitada na cama roendo as unhas e as mágoas enquanto aguardo o desdobrar das horas. Pela janela, vejo que o dia já quase se acaba. Não comi nada. Nem bebi água. Me alimentei o dia todo dos meus sentimentos: ódio, tristeza, desejo de vingança, um vazio doendo, medo, loucura e pitadas minúsculas de esperança. De repente, ouço o ruído do elevador chegando. Corro para a cozinha tratando de erguer depressa no rosto um ar de alegria, longe de qualquer desconfiança. Fico quieta à beira da mesa da cozinha. Aguardo mais uns instantes. Já!!

Saio do cômodo apagando a luz e indo ao seu encontro com a desfaçatez nos braços. Ela sorri:

– Oi, delícia! Estou exausta! Você está bem? Hein?

Eu digo que não tenho nada de especial para contar, mas que estou mesmo animada e que, se ela não se importar, eu gostaria muito de dar um pulo à casa do Oswaldo, jogar um pouco de baralho, gastar o estoque de piadas... Ela diz que tudo bem, mas que prefere ficar deitada, lendo, e eu respondo que entendo, me despeço e saio.

A coisa estava toda combinada: eu vou para o apê do Oswaldo. Ela com certeza vai dar uma ligada assim que bater os olhos nas taças, na cena, eu a conheço... Dito e feito: o Oswaldo atende, estou ao seu lado. Ele diz que eu ainda não apareci por lá, mas que ele dá o recado sim, sem problemas. A gente desliga e ri. Estou assustada, mas parece que tudo caminha como havíamos planejado. Então, só hora e meia mais tarde, dou retorno.

No telefone:
— Onde você estava?
— Hã? Ah! Eu...eu... tive que dar uma parada... Eu... comprei uma garrafa de vodca no caminho. Você sabe que o Oswaldo gosta dessas gracinhas...
— Meio demorada essa parada...
— Ah, Rosa, vê se não amola. Eu estou de bom humor. Vê se não estraga!
— O problema é saber de onde veio tanta disposição!
— Como assim?
— Olha, eu tô nervosa. Não me enrola e diz logo a verdade: quem é que esteve aqui de tarde com você?
— Ninguém, Rosa. Por quê?
— Só porque você deixou a cozinha uma merda! Bebeu vinho, fumou sozinha? Conta outra, minha cara. Quem esteve aqui, porra?

Soltei baixinho um "merda" e depois deixei preso no fio do telefone um enorme silêncio. Ela insistiu:
— Fala logo!
— Desculpa, Rosa, mas não é da sua conta. É bobagem minha. Não se preocupe. Está tudo sob controle. Um abraço.

Eu fui falando aquilo e desligando o aparelho, tomando o cuidado de deixá-lo fora do gancho. Depois, por um momento, olhei para o Oswaldo, aflita, afundada em dúvidas: será que não a estava empurrando em direção a Andréa? O Oswaldo me jurou que não, que eu podia ficar tranqüila. E me despedi dele sem ter certeza alguma para ir dentro do carro comigo e voltei para casa. *Home sweet home*! A Rosa parecia possuída por uns demônios estranhos. Me recebeu rosnando, já com o dedo em riste, me acusando. Eu consegui ir me desviando até dar na porta da cozinha. As taças estavam quebradas e as guimbas do cigarro espalhadas pelo ladrilho. Eu fiquei encolhida, só me esquivando dos gritos. Por um tempo, ao menos. Depois, juntei forças e fui rebatendo o discurso dela de um modo elegante, apenas insinuando aqui e ali a existência de uma Leila. Fui cozinhando o bichinho em banho-maria, até que chegou a hora exata de soltar a pérola:

– Leila!
– Quem?!
– Uma figura aí, que eu conheço faz só uns dias, mas que está me cercando. Só isso.
– O quê?
– Não rolou nada... ainda...

Naquela noite foi grande o escândalo, mas eu escapuli das garras do drama e fui dormir, me divertindo. Do escuro do quarto ouço o disque-disque do telefone e a voz da Rosa:

– Oi, Oswaldo. Sou eu. A Rosa. Não. Não estou nada boa. Você sabe alguma coisa dessa fulana, essa tal de Leila...

Naquela noite, dormi como um anjo! E acordei já sem a Rosa em casa. Havia só um bilhete preso com esparadrapo no espelho do banheiro: "Eu te amo! Não faça nenhuma besteira... precisamos conversar direito. Meus beijos, Rosa." Arranquei o bilhete e o amassei feliz da vida! Esse Oswaldo é um gênio, pensei alto. E fui ajeitar minhas coisas. Mas lá pelas onze, o telefone toca:

– Oi, Rosa!
– Oi, minha moça. Você viu o meu bilhete?
– Vi sim.
– E daí?
– Daí que as coisas são mais complexas do que um papelzinho escrito "eu te amo"... Você vive aí com a Andréa. Eu tive meus ataques de ciúme. Agora acho justo. Um casamento aberto, moderno. A gente dá um tempo para ver como as coisas vão rolando. Sem sofrimento. O que você quer que eu faça?
– Quero que almoce comigo. Hoje. Daqui a pouco. Eu te espero no Puma's.
– Tá bom: eu vou! Até daqui a pouco então...

Quando cheguei, a Rosa estava escondida atrás de um chumaço de flores do campo segurando a flor de seu próprio sorriso... Eu quase rachei no meio, quase chorei minha vida toda ali mesmo, em pé na porta, por ver o meu grande amor de novo me esperando com o coração postado na mesa e em meio ao colorido das plantas... Que bom era aquilo! Mas me lembrei de endurecer o rosto e, quando me sentei, fiz força para negar o buquê esticado em minha direção. Ela não fez cara feia, apenas tomou um gole de ar e foi falar primeiro:

– Tudo bem. Eu só queria lhe pedir desculpas...

— Ah, é?
— É. Eu entendo. Acho que você tem razão. A Andréa.... ela estava quase me envolvendo...
Fui dura:
— Você não me venha bancar a vítima, Rosa. Vocês são amantes. Têm um caso há tempos. Eu tô sabendo, pô, não me enrola!
— Não, não é bem ass...
— Desculpa interromper, mas eu quero ver seu chaveiro agora!
— O quê?
— As chaves! Agora!
De dentro da bolsa, muito a contragosto, ela tira o chaveiro e me estende. Eu mal o toco; deixo-o sobre a mesa e vou apontando com o dedo.
— Esta aqui é do carro. Esta da porta da frente e esta da de trás. A pequena é do portão da garagem. E estas?
— O que têm estas?
— Se você não sabe de onde elas são, eu posso levar você até lá, para que tudo fique mais claro...
A voz dela saiu um fiapo.
— Acho que não precisa não...
— Então, chega de mentira! Eu tenho a Leila. É claro que não gosto dela como gosto de você. Acabei de conhecer a figura! Mas ela me parece bacana. E é bonita, charmosa, tem o cabelo cacheado assim que nem o seu, do jeito que eu gosto! Então, se você insiste em brincar de Dona Flor e suas duas raparigas, vá em frente, Dona Rosa, mas sem contar comigo... Estou disposta a ter uma companhia. Só uma. Você é quem sabe.
— Não. Não se fala mais nisso. Você tem absoluta razão. Absoluta. Eu tenho me comportado como uma canalha ridícula. Não sei o que se passou comigo... Mas acho que vale muito mais a nossa vida. São anos. De amor, de convivência, amizade, carinho, companheirismo. Eu ia me odiar se estragasse isso... Você me perdoa?
— Não sei direito como é que se faz isso, perdoar. Não sei se a gente apaga da vida tudo de chato e burro e mesquinho e egoísta que houve nisso. Mas estou disposta a tentar. Vai levar um tempo. Mas vou tentar...
— Que bom, minha delícia, eu prometo...
— De novo não, Rosa. Não é para ficar prometendo mais nada para mim. É dá ou desce, entende?

– Como assim?
– Nós vamos nos levantar daqui. Vamos até a casa dela. Você desce. Usa pela última vez as chaves dela. Entra. Conversa. Se explica. Termina. Desfaz as esperanças dela. Devolve as chaves. Desce. Vamos juntas para casa e eu nunca, nunca mais mesmo, toco no assunto, se você fizer a delicadeza de jamais tocar no nome dela. O que acha disso?
– Acho que estou com fome! Vamos comer primeiro. A gente vai conversando e depois decide direito, decide melhor...
– Negativo. Estou me levantando. Ou você vem comigo e faz o que digo ou dança!
– Não tem acordo?
– Essa pergunta me ofende, Rosa. E se você continuar nesse rumo, mostrando um bando de dúvidas, as coisas vão acabar mal...
– Hum. Você tem razão, de novo... Mas espere lá um minuto: e você?
– O é que tem eu?
– Você e essa coisa dessa Leila? Pois eu quero, exijo que você coloque um ponto final nessa história ridícula hoje, já.
– Rosa, isso para mim não é problema. Depois que a gente passar na casa da Andréa, você pára num orelhão qualquer e eu desço, ligo e desfaço o que mal existe. Sem problemas. Nosso casamento é um compromisso para mim... Mas você tem que fazer sua parte e é já.
– Então vamos lá. Eu topo! Por favor, aceite as flores...

Eu me enrosquei nos crisântemos, nos mosquitinhos, nas margaridas e fui chorando de um jeito esquisito, assim meio para dentro, feliz da vida, me sentindo protegida por aquele escudo de flores. Fui assim até o carro, até a casa daquela Andréa, até o orelhão da esquina, até o fim da farsa.

Em casa, depois de tudo, o quarto serviu de abrigo para que a gente colocasse em forma nosso exército de carícias. E hoje, já quase três anos depois daquele período sombrio, continuo atenta, na vigília, porque amo demais essa Rosa de muitos ventos e que nem desconfia que por trás de cada beijo, de cada abraço, de cada gesto e palavra, carrego comigo, em absoluto silêncio, um segredo que, muito de vez em quando, divido, entre muito riso, só com o meu amigo Oswaldo, amigo e gênio!

Betta splendens

Monto o aquário em silêncio, concentrada na solidão em que vivo desde que a Cláudia morreu... Estou no fundo da loja, que é comprida, com aquários empilhados numa parede à esquerda e em outra à direita e que tem ainda um mostruário central, que divide o ambiente em dois longos corredores mal iluminados. Estou trabalhando, concentrada, mas vejo certa moça entrar devagarinho, com pés de borboleta, flutuando por entre as muitas caixas de vidro, pedrinhas, borbulhos, conchinhas. Sinto uma coisa estranha e boa, quase um arrepio. Mas não paro. Insisto no trabalho. Separo um peixe japonês de corpo todo manchado conhecido como arco-íris. Troco-o de tanque. Dou-lhe mais espaço. Veja só: ficou todo contente com a casa nova e agora nada destrambelhado de um lado para outro... Me abaixo para vê-lo nadar. Olho o aquário de frente. Para lá das plantas, reparo na moça que entra e se aproxima disforme, troncha, deformada pelo volume da água. Me divirto com a cena. Me demoro. E noto que o peixe bate suas barbatanas sobre a blusa branca dela, que agora está tão próxima que já encosta no balcão, esgotando a minha vista. Ergo a cabeça, enquanto despisto a inveja que sinto daquelas barbatanas...

A moça é pequena e rechonchuda com o peito em ligeira desproporção, um pouco maior do que deveria ser e que, por isso, força um pouco a trama da blusa que exibe por cima um colar de azul vistoso. O rosto é redondo, com destaque para as maçãs rosadas e salientes. Os olhos são fartos e quase claros, como é quase loiro o seu cabelo. Os lábios estão corados e há um furinho estratégico bem no meio do queixo. Não me contenho e deixo escapulir da minha estante um sorriso quando reparo no furinho perdido no queixo. Pois ela me oferece outro sorriso de troco só para me deixar perceber que, imediata e magicamente, duas covinhas espocam, uma em cada bochecha.

— Posso ajudar?

— Hum, hum. Quero montar um aquário, mas não entendo nada... dizem que acalma... e acho que seria delicioso ter uma parede de pedra e água em minha sala, com bolinhas escapando da boca dos peixes... tudo só para me deixar calma...

— Ah, sim... E de que tamanho você imagina o seu aquário?

— É melhor deixar o sonho de lado, não? A verdade é que tenho pouco espaço na sala do apartamento. Olha, pensando bem, acho que tinha que ser uma coisa desse tipo, desse aqui: tamanho médio, eu suponho.

— Ah, entendo. — E corro a mostrar o que tenho, gesticulando nervosa, enchendo a loja de movimentos. — Para um aquário desse porte, precisamos, antes de mais nada, definir os tipos de peixes. Venha ver. Venha aqui comigo. Primeiro, o bengalinha.

Ela me segue enquanto eu explico:

— Repare: o corpo deles fica dividido em faixas. A primeira e a última, quase negras. A do meio, de um cinza claro, mas nada opaco. Ele parece que vive aceso. Brilha como certas gentes e, ainda por cima, nada engraçado, meio de lado. Parece bêbado com tanta água... Mas se estiver certinho, na horizontal, é porque está descansando.

Ela ri e aponta as covinhas e os dedos com um nojo infantil para o tanque de cascudos e eu sinto uma coisa estranha e levo uns segundos para dar a isso um nome: tesão. Mas ela é rápida e corta meu pensamento para dizer que eles, os cascudos, são muito feios... Eu rebato:

— Vinícius de Moraes talvez entendesse mais de uísque e menos de beleza... Por que ela nem sempre é fundamental ou, muitas vezes, o que acontece é que ela se esconde debaixo de um manto feio. Venha ver de perto. Há certa delicadeza neles, percebe?

Mas ela me diz que só olhos de apaixonados podem ver certas coisas e que eu devo amar, mais que tudo, os peixes. Discordo. E afirmo que, para mim, em primeiríssimo lugar, estão as pessoas, mesmo as chatas, as inoportunas, as desagradáveis e até as más pagadoras. Tudo bem que peixe não dá cheque sem fundo, mas cada espécie tem seu lugar e motivo. Os cascudos, por exemplo, fazem o trabalho sujo, são bichos úteis: mantêm o ambiente limpo se alimentando das algas que se multiplicam velozes dentro de um aquário. Os cascudos são bons companheiros. Se dão bem com praticamente todo tipo de peixe. E acrescento:

– Eles também são noturnos. Gostam da meia-luz. Assim de dia, tão claro, ficam mais pacatos do que nunca, quase hibernam...

Me calo um segundo para olhá-la mais um pouco e ter tempo de notar uma ruga quase em forma de raio que vem se formar no meio de sua testa.

– Até que não seria mau ter uma vida pacata... Sabe, ando tão agitada, com tudo desabando tão de repente... Às vezes rolam umas fases que são uma barra, não é mesmo?

– Acho que sei. É tipo fim de namoro, de casamento...

Ela me olha pela primeira vez fixo nos olhos:

– É isso mesmo.

Dá meia-volta com o corpo, tirando o rosto da mira e colocando os fios de mel do cabelo bem diante da minha íris. Parece, mesmo de costas, ter desanimado, os ombros estão quase caindo. Corro a mostrar um peixe de efeito, mesmo que solitário.

– E este? O que acha? É peixe de briga, também conhecido como *Betta splendens*. Esta raça... São estranhos: machos não toleram machos da mesma espécie. É declaração de guerra. E a luta só acaba quando um deles está mortalmente ferido. É a coisa mais triste de ver! Eu não agüento. Uma vez chorei uns três dias seguidos... Mas veja como são lindos, altivos. Parece um vestido, essa nadadeira enorme. Esse aqui, ó. Um azul de doer a vista e depois essa barbicha vermelha. Nada como se fosse um balé. Esse penacho se movimentando tão leve, em câmera lenta... Se eu pego um espelho ele muda: se excita com a possibilidade de briga. Acha que tem outro macho por perto. Mas é sacanagem, né?

Ela concorda e diz que de brigas e de machos quer distância. Eu suo um pouquinho. A frase dela tem o efeito de um gancho de esquerda explodindo no meio do meu queixo. Será que é possível ela estar me enfeitiçando? Pois acho que a frase dela é um sinal verde piscando febril lá no fim da avenida. Acelero. Aumento o volume da música e corro a dizer que entendo, também mantenho uma distância perene deles, dos machos, por convicção profunda e opção bem pensada. Em seguida, peço desculpas e lhe pergunto o nome:

— Suzy — ela diz.

— E eu me chamo Rosana — digo. E prossigo: — Bom, mas então se estamos empatadas quando o assunto é briga e machos, tenho que lhe mostrar um certo senhor *Helostoma temminki*, que é um nome estranho para um peixe conciliador e dos mais simpáticos, também conhecido como beijador! Gostou?

Ela balança de novo a cabeça, feito criança, só para me dar mais ânimo de continuar naquele rumo:

— Eles são bons de transa, sabe? Quer dizer, o namoro é meio conturbado, quase humano, mas depois, em dois dias apenas, a desova pode chegar a até mil ovos, o que é mesmo um escândalo! Daí você aguarda mais três ou cinco dias e já pode ver com clareza os filhotes nadando, miúdos e lindos, pelo aquário afora. É uma graça... Mas vejo que já já você se cansa dessa minha conversa mole... Então faço uma proposta que é uma surpresa. É assim: a gente toma um café ali na esquina, conversa mais um pouco. Depois eu monto um aquário pensando em você, na sua vida, no seu jeito, em cima do que você for contando. Vou à sua casa e monto. Se você gostar, fico feliz. Se não aprovar, nós o trocamos. Que tal?

Ela levanta os dois braços ao mesmo tempo, rápida, só para colocar as mechas que vinham caindo no rosto em outro lugar, atrás das orelhas, e dá para ver no gesto a necessidade que ela tem ali, naquele instante, de ter tudo limpo à frente, para ter clareza em seu pensamento. Então ela dispara:

— Isso é uma cantada? — fala, enquanto franze todos os músculos da cara e dá uma ré minúscula, de milímetros apenas, mas que me parece bem significativa. Semáforo amarelo em meus sentimentos. Tomo um gole de ar extra e urgente e respondo, convicta:

— É claro que sim! Algum problema nisso?

Ela garante que não, mas se afasta mais um passinho, enquanto nós duas abrimos um espaço no diálogo para poder ir corando. Ela prossegue:

— É que fico meio sem graça... é novo para mim... — ela insiste. — Primeira vez que isso me acontece...

E eu devolvo:

— Você pode até não acreditar. Pode achar que me encantar

com clientes é meu passatempo preferido, mas não é. Eu sinto o mesmo: um pouco de vergonha sim, um constrangimento, mas sinto um desejo também que, francamente, não estou a fim de negar. Depois penso que, se tudo parece assim tão estranho, é mais um motivo para a gente dar uma pausa e tomar um café. Quem sabe assim a gente quebra o gelo, entende melhor as coisas ou até distrai o medo... Você topa?

Ela me responde erguendo as sobrancelhas e os ombros, pendendo a cabeça um tiquinho de nada para a direita, como quem diz que não tem nada a perder. Eu completo:

— Me dá um segundo. Vou chamar o Jânio para tomar conta da loja e lavar a minha mão. Pronto! Vamos? Por aqui, por favor. E... como eu lhe disse antes, preciso fazer um pequeno interrogatório para conhecer melhor seus desejos mais íntimos, mais secretos... Não ria de mim, criatura... porque eu posso hipnotizar você com um acará festivo, por exemplo, que é a sua cara, porque tem, como você, beleza de sobra e uma tendência deliberada à timidez...

— Opa, opa, opa, não se engane! Agradeço o elogio e tenho que confessar que estou mesmo um pouco confusa com o rumo que as coisas estão tomando, mas eu me definiria como tola, às vezes, ingênua até, mas nunca, nunquinha mesmo, como tímida. Eu sou mais do tipo que salta de olhos abertos quando se vê assim cara a cara com um precipício, entende?

Eu fiz que sim com a cabeça, tentando controlar a vontade que vinha crescendo em mim de cravar meus dentes naquelas bochechas vermelhas como ameixas! Ela corou um pouco mais ainda e não resisti: ri só para ter a chance de dizer a ela que a timidez talvez fosse maior do que ela percebia, porque afinal de contas ela estava vermelha de verdade...

— Desculpe... é que... não é nada disso... não é nada do que você está pensando. Eu estou corando, mas é por que na minha cabeça rolou uma fantasia muito louca... Deixa para lá... Olhe, você foi um anjo, uma simpatia... Eu estava mesmo precisando. Mas...

— Agora não é hora de pedir desculpas, Suzy. A gente chegou. Pronto. É aqui. O café mais gostoso da esquina! Vamos entrando...

— Não! Quer dizer... acho melhor não. Eu tenho que lhe pedir desculpas de novo, mas não vou entrar. Fica para outra hora. Eu passo depois. Juro. Eu vou voltar.

Eu faço de tudo com o rosto para deixar claro que é difícil mesmo de acreditar nas promessas dela. E tenho sucesso. Sinto que ela vai recuar:

— Está certo, está certo... vamos lá. Mas para mim só uma coca...

Faço o pedido no balcão enquanto indico a ela um lugar para gente se sentar. Depois levo uma garrafa de coca-cola e um café expresso. Sento:

— Eu sei que o tempo de um café é curto. Tenho que voltar para a loja rapidinho e você também deve ter muito o que fazer, mas queria que você pensasse em se arriscar. Quando um cara, assim, de repente, a conhece, vocês não trocam telefones, não combinam de depois, um dia, quem sabe, se encontrar?

Ela tira a boca do canudinho e diz que sim e que tudo bem. Ela não promete que vai ligar, mas aceita pegar meu telefone. Eu corro a esticar um cartãozinho da loja onde escrevo também o número lá de casa, mas contra-ataco:

— Aqui está, Suzy. E agora... deixe eu pegar minha agendinha aqui nesse bolsão da blusa... opa, opa, aqui. Você me empresta a caneta? Obrigada. Pode falar.

Ela faz uma ceninha curta de dúvida e depois cantarola os números, encerra a coca e diz que precisa ir, que tem pressa, um compromisso daqui a alguns minutos. Levanta antes de o meu café acabar. Me diz tchau já lá da porta, sem conceder espaço algum para que eu pudesse plantar ao menos uma frase. Já a vejo atravessando a rua, atarantada com a minha história, indo longe. Então tomo o último gole, mas me demoro um pouco mais a observar a xícara vazia, a sujeira lá dentro, a marca do café que foi embora. Percebo que, se eu deixar, vai crescer em mim ali, agora, uma muda de tristeza. Por isso respiro fundo. Largo um suspiro na mesa, me levanto e vou trabalhar.

Mas o dia já não era o mesmo, estava meio estragado. O diálogo com a Suzy havia me enchido de esperança e agora ficara um vazio ali em mim só para me incomodar. Me enchi então de forças e tentei trabalhar mais do que nunca. Larguei o Jânio no balcão e fui para dentro do escritório lidar com as contas, mas mal conseguia me concentrar. Liguei para alguns fornecedores. Peguei também informações pelo telefone sobre um curso. Depois fiquei revirando os pensamentos, fritando-os de um lado para o outro até me cansar.

– Meu Deus, desse jeito perco o juízo... por tão pouco.

Nesse instante, o Jânio põe a cara na porta e me pergunta se pode ir almoçar. Me assusto:

– Claro que pode! Perdão, Jânio, já são quase duas, né? Simbora, rapaz!

E ele sai como uma flecha enquanto caminho sem pressa. Vou até a porta, em direção ao claro. Quero ver o movimento da rua. Vou devagar. Bocejo. Chego à beira da calçada. Tem carro para tudo que é lado. Tem gente correndo de lá para cá. Na outra esquina, guerra de camelôs que berram: fita cassete, agulha, linha, gilete, ferramenta, passe, tíquete, cigarro de contrabando, radinho de pilha... Eu presto atenção ora numa coisa, ora noutra e me perco. De repente, alguém me encosta a mão no ombro. Eu me viro, quase assustada, porque até então estava entretida, presa no burburinho de feira que se instalara lá na esquina. É a Suzy, um pouco sem graça, mas evidentemente animada. Fico surpresa e demonstro. Ela pergunta se podemos entrar. Eu respondo:

– Claro. É para já.

Mas mal entramos no escuro da loja ela me agarra. Me empurra até que as minhas costas sintam o frio do vidro de uma parede de aquários. Depois, geme em meu ouvido:

– Isso não se faz! Me perturbar desse jeito... Saí daqui porque tinha muito o que fazer. Mas há duas horas que penso em círculos. Não sei dizer de onde veio o tesão. Mas ele foi crescendo, crescendo, tomou conta de tudo. Não sei por que vim. Não sei o que vai acontecer comigo depois disso aqui. Mas eu vim aqui... transar com você. Agora!

Passei meus braços em volta do corpo dela e pude sentir o peito grande se aninhando nas minhas costelas. Senti o cheiro do xampu, gostoso, um buquê de maçãs verdes colhidas havia pouco... Gelei! Depois dei um giro pela orelha dela e sussurrei:

– Deixa eu trancar a loja...

Ela me ofereceu um espaço. Andei um metro e meio e alcancei a porta de vidro. Fechei. Tranquei e virei a tabuleta para fora de modo que qualquer cliente pudesse ler: "Volto em instantes". A loja escura era um ambiente perfeito. Só as lâmpadas dos aquários e o burburinho dos motores oxigenando a água...Voltei-me para ela e levei um choque. Uma enguia punha seu corpo em contato com o meu, já sem a blusa, só com o colar de pedras azuis brilhando em torno da saboneteira, os ossos em destaque, a pele clarinha... Fui beijando, beijando e a levando para perto do balcão. Coloquei-a em cima. Os seios dela em meu rosto, em minha boca. Um de cada vez. Sorvete de creme, baunilha, morango, milkshake de chocolate. Tomar, beber, morder. Ela ergueu o pescoço, me convidando a conhecê-lo. Meu rosto preso em seu cabelo, meu dente correndo o limite da pele. O perfume me entorpecendo... Acho que arranhei as costas dela. Ela gemeu meio alto. Eu ri. Ela riu. Depois me empurrou um pouco de lado e deixou a saia mais aberta, me abraçando as costas com a perna. Eu aceitei aquilo e depois procurei o umbigo. Vim descendo, piso escorregadio, até chegar nele. Vim com a língua escorrendo, para depois ir mordiscando a barriga por todo canto, enquanto ela mordia minha testa, minha bochecha, meu ombro. Vim brincando com a boca enquanto minha mão se prendia em suas coxas, fazendo um carinho bem firme, lento, até ir parar lá no meio de tudo, já quase no fundo. Vertente, perigo. Peixe que nada no mar de uma calma sem fim. Flutua. O coral, o cavalo-marinho ou aqueles bichos bonitos e estranhos, de véu e grinalda, que dançam no escuro das águas...

 Passam-se assim dez, quinze minutos... ou será que lá se foi uma hora? Escuto um barulho na porta! Espio. É o Jânio que gruda o rosto no vidro para ver o que está acontecendo. Corro com a Suzy para dentro. Ela está meio aturdida, no escritório se arrumando. Volto para a loja e, no corre-corre, quase piso no colar da moça. Paro a tempo. Pego-o. Volto e lhe entrego a peça com mais uma dúzia de microbeijos. Me aprumo dentro do avental de trabalho. Passo a mão no cabelo. Sinto o cheiro de sexo. Fico envergonhada. Mas não há como dar para trás agora. Meto a mão no bolso e destranco a porta inventando uma mentira expressa.

 – Jânio, corre lá no Breque-Breque e pega uma coca para mim porque não sei o que me deu, mas acabei de vomitar...

 Ele não disse nada. Acho que acreditou. Saiu em disparada, enquanto eu escancarava a loja e corria lá dentro para ver o meu mais recente amor. Ela já estava vindo, toda arrumada e linda. Nos encontramos no meio do caminho. Uma pausa. Dois compassos de valsa. Um abraço e ela me diz bem baixinho:

 – Me liga...

Eu respondo:
— É claro...
Ela me solta. Sai. O Jânio ainda a encontra na porta. Está esbaforido, preocupado, me estica a coca. Eu tomo e me calo. Ele me vigia. Quando acabo, peço para ele cuidar para mim de tudo, que não estou legal. Preciso ir embora. Saio. A rua parece outra, menos barulhenta, mais limpa. Eu pareço outra, mais nova, mais viva. No carro, abro a carteira e de lá tiro uma foto da Cláudia. Sinto saudades, mas não é por isso que choro. Olho meu rosto no espelho. Esbanjo um sorriso que bebe minhas últimas lágrimas. É preciso ter consciência disso: fazia muito tempo que não me sentia tão jovem e contente...

Julieta e Julieta

Quando a vi a primeira vez, Ju, não achei nada de diferente ou especial. Na festa, seu marido e você só me pareceram distantes, mas quantos casais depois de dezessete anos de convivência ali, no duro do dia-a-dia, conseguem manter beijinhos e abraços e pequenas gentilezas assim a granel? O que me chamou a atenção naquele dia, na verdade, foi o seu filho: bonito e sadio! E como seus olhinhos de adolescente brilhavam, e como o rosto dele em nada lembrava aquele ar vago e distante que minha filha exiba todo dia – dia santo ou não! O fato é que fiquei intrigada. Devia haver uma fórmula, uma mágica, um caminho.

Naquele dia, a gente quase não se falou, lembra-se? Mas quando eu estava no carro, de volta para casa, só com a minha filha, perguntei um pouco sobre o Kiko, e ela me disse que ele era assim e assado e que morava na mesma quadra que a gente, no prédio azul claro, quase na esquina. E – como é às vezes comum entre pais e filhos – aquilo era tudo, assunto encerrado! Achei uma bonita coincidência o fato de vocês morarem assim quase do lado e passei a prestar mais atenção quando saía para caminhar um pouquinho, quando ia à padaria, quando dava um pulo ao supermercado...

Eu a vi de novo assim, Ju, no supermercado. Você estava vestida com uma calça de linho claro, com uma malha de lã verde, um sapatinho para lá de adequado e as meias combinando com o tom da blusa... Mas como será que essa mulher consegue? Parece impecável! O filho foi tirado de uma propaganda de sucrilhos, e ela anda como se o vento não batesse nela, como se ela não corresse o risco, nunca, de sofrer com o pinga-pinga dos produtos congelados que cismam de se desmanchar em água toda vez que eu toco neles só com as pontas dos dedos para colocá-los dentro do carrinho de compras... E não é só: o marido é bem-sucedido, tem uma empresa de alguma coisa ligada a marketing, e o carro dela é lindo, e ela sabe fazer uma terrível mousse de chocolate...

Ju, a segunda vez que a vi foi para mim como uma enxurrada. A sua perfeição total vinha destroçar com a força de uma tempestade o meu olhar ali no espelhinho do carro. E eu chorei, um pouquinho só, mas chorei. Porque de repente minha vida parecia ser o avesso do certo, da sua. Eu estava ali com minha filha quase muda a me perseguir pela casa com as flechas dos olhos. Estava namorando um cara que não era horrível, mas que também não ficaria bem sentado numa fotografia acima da legenda: homem amável. Além do mais, havia o meu emprego, que era declaradamente uma catástrofe! Eu o odiava e vice-versa! E você, pelo que soube naquele primeiro encontro, pelo que havia ouvido de orelhada, você era uma dentista que dedicava apenas as manhãs ao consultório... Tudo tão certinho, tudo tão civilizado.

Hoje, olhando as coisas do lado de cá, depois de tudo, parece até piada! Mas adoro cada segundo da nossa história, meu anjo bonito, adoro! E quando você me ligou naquela segunda, procurando pela Renata, e eu disse que ela não estava e você foi desabotoando palavras e mais palavras e a gente acabou conversando por hora e meia e eu fui trabalhar atrasada e você me prometeu um chá no final de semana, quando tudo isso aconteceu, eu já sabia que estava absoluta e irremediavelmente apaixonada. Só que não podia dar esse nome. Então fiquei vagando o resto dos dias, até o chá, com aquele sentimento que não podia ter endereço e que eu tentava colocar dentro do frasco em que se lia no rótulo: não é nada!

Mas o sussurro – lembra-se – estava lá, tanto em mim quanto em você. O único problema é que a gente sempre afoga esses barulhos que ecoam aqui dentro. Por quê? Acho que é só para ficar tudo mais bonito e cheiroso quando a gente dá a virada e o encara de frente: aquele sentimento e os seus mil recados...

O chá. Tomei banho. Sorri para o espelho. Passei o fio dental. Penteei duas mil vezes o meu cabelo. O que há, meu Deus, o que há? Essa saia, essa outra, essa calça, muito escura, esse vestido... vou de sandália baixa ou calço o sapato de salto alto? De onde vem esse gemido, essa vontade, esse barulho? Onde está meu colar, meu anel que tem aquele passarinho? Onde estou? Onde está? Caminho devagar. Quase desisto. Depois continuo andando. Chego e falo com o zelador, que está sorrindo, no meio da grama, segurando uma mangueira azul, muito azul, e que molha o lado de lá, aquele canteiro estreito de plantas.

— Boa tarde. Eu vim ver a Julieta. No décimo segundo.

Ele largou a mangueira lá, encharcando um pouco da grama, e veio para a cabine. Veio e trouxe junto o sorriso. E gentil, muito solícito mesmo, me perguntou:

— Qual o nome da madama, por favor?

Eu disse:

— Julieta!

E ele se mostrou confuso. Ri para ele e para mim mesma.

— É isso mesmo: ela se chama Julieta e eu também!

Ele acatou, talvez incrédulo, mas falou com alguém no interfone, e depois me abriu o portãozinho e foi indicando o lugar do elevador.

Dentro do elevador aquilo me foi martelando: Julieta e Julieta. Que engraçado. Que coincidência. E era bonito, não era? Mas onde estaria Romeu a essa altura? Onde estariam aquelas famílias? Depois fiquei pensando em Shakespeare se contorcendo no túmulo com aquela versão apócrifa. Você abriu a porta do apartamento no justo instante em que eu saía do elevador, bem no meio da risada que aquele acúmulo de pensamentos e imagens tinha me produzido. Eu a vi e recolhi os sons do riso. E fiquei desalmada e só. Porque você estava mais bonita que o bonito, ali, me esperando, me abraçando de leve, me dando um beijo em cada face e depois me convidando, gentil, perfumada, educada, para entrar, para sentar, para conversar um pouquinho, para tomar um gole de chá, para comer disso e daquilo... E daí... você se lembra por um acaso do momento exato em que a gente deu aquele passo e caiu no desvão, na cilada, nos braços de uma e da outra?

Ju, juro que não lembro de nada! Só do fato se consumando, de eu ir me consumindo, absorvendo, observando, repetindo, inventando. E depois de eu ter me levantado de repente, depois de uma meia hora de sono. E de ter entrado no banheiro e de ter me vestido sem coragem de olhar no espelho. E de ter saído sem dizer tchau, sem lhe avisar que eu ia estar de volta dentro de meia hora...

    Saí mesmo. Fui para minha casa. Mas lá eu não estava cabendo. Então entrei no carro e fiquei dirigindo por um tempo. Até que parei na doutor Arnaldo, presa pela variedade de cores das bancas de flores. Parei lá e o moço já veio chegando, me perguntando o que eu queria, avisando que tudo estava barato. Eu nem tinha descido do carro. Liguei o motor de novo e voltei para sua casa. O zelador não estava. Já era noite. E o porteiro, diferente, repetiu a mesma cena. Subi chorando. Julieta e Julieta. Parecia o meu sobrenome. Parecia um jogo de espelhos. Eu estava adorando. Você abriu de novo a porta a tempo de colher da minha cara litro e meio das minhas lágrimas. E eu deitei no seu colo e você cantou para mim qualquer coisa e eu fiquei presa naquele movimento, no carinho daquilo. E assim me tornei sua amante.

    E agora, minha Ju, tudo parece gigante! Minha filha já mora com um cara e se mudou para São José dos Campos. E seu Kiko parece perdido, sem saber se faz medicina ou se arrisca na vida como professor de capoeira... Seu marido, querida, casou-se de novo e aos 47 tem um filho de cinco com uma moça que acaba de completar 23 anos. Eu vivo feliz com a nossa vida e acho uma delícia que você tenha a sua casa, tenha o seu domínio, enquanto tenho cá também meu cantinho. E acho do mais puro deleite quando você me liga – ou quando vem sem aviso. E a gente de novo toma um chá bem quente, se aninha. E desse ninho nascem ovos de todos os tamanhos: de pássaros, de serpentes, de patos, todos muitos coloridos, prenhes que estamos dos bichos os mais diferentes possíveis... Ju, tenho que repetir meu mantra: te amo, te amo, te amo.

SOBRE A AUTORA

FÁTIMA MESQUITA nasceu em 1965 em Belo Horizonte e de lá para cá fez de tudo um pouco: morou no interior de Minas Gerais e depois em São Paulo e São José dos Campos; começou – e não terminou! – quatro cursos universitários; distribuiu amostra grátis de tônico capilar em supermercado; tomou conta de crianças; deu aulas; foi sócia em uma lanchonete, um bar, uma escola de música; foi secretária em uma escola de ioga e em outra de inglês; fez trilhas incidentais e sonoplastia para teatro; fez entregas de motocicleta; trabalhou em livraria, em lavanderia, em loja de roupas; corrigiu redação; escreveu e produziu para rádios, TVs e produtoras de vídeo; fez campanhas políticas e trabalhou na criação de eventos para grandes empresas. Agora anda catando letrinhas nas teclas do seu computador...

Leia também das Edições GLS

O QUE A BÍBLIA *REALMENTE* DIZ SOBRE A HOMOSSEXUALIDADE
Daniel A. Helminiak

É comum ouvir-se do alto de púlpitos religiosos que a Bíblia condena a homossexualidade e que esta seria a razão para os homossexuais serem considerados pecadores. No entanto, poucas pessoas de fato lêem as tais passagens – como a história de Sodoma e a Epístola aos Romanos – com atenção e profundidade. Nesta obra, o autor, sacerdote ordenado pela igreja católica com doutorado em teologia sistemática pelo Boston College, cita fielmente todos os trechos em que há menção de homossexualidade e analisa seu significado de acordo com os mais recentes estudos históricos, revelando uma mensagem muito diferente da que é normalmente apregoada.

ADEUS, MARIDOS
Mulheres que escolheram mulheres
Deborah Abbot e Ellen Farmer

Um incontável número de mulheres se casa com homens, tem filhos e, de repente, se descobre apaixonada por outra mulher, deixando para trás toda uma respeitável vida heterossexual para viver conforme o coração. Este livro reúne relatos verdadeiros de mulheres de cidades grandes e de vilarejos, avós e estudantes, militares e donas de casa, brancas e negras, ricas e pobres, que passaram por esta transformação profunda. Entre as histórias emocionantes encontra-se a da coronel Margarethe Cammermeyer, a oficial de mais alta patente do exército americano a admitir a sua homossexualidade, tendo sido tema do filme *Servindo em silêncio*.

Leia também das Edições GLS

A PRIMEIRA DANÇA
Histórias de amor entre mulheres
Barbara Grier e
Chistine Cassidy

224p., cód. 30.008, R$ 23,00

Escritas por mulheres para mulheres, 23 histórias de romance, paixão e envolvimento entre mulheres. Pela primeira vez em um livro publicado no Brasil, nenhuma personagem se lamenta por ser lésbica, ou deixa de viver sua vida por causa disso. Delicioso.

SEXO ENTRE MULHERES
Um guia irreverente
Susie Bright

112p., cód. 30.005, R$ 13,00

Cansada de ler manuais nebulosos sobre o que as mulheres realmente fazem na cama, Susie escreveu este livro com total desinibição, bom humor e muita informação útil. Tudo o que você queria saber (ou nem imaginava) sobre sexo, fantasias, brinquedos e apetrechos de e para lésbicas.